中国七夕·爱在仙女湖

千首爱情诗歌精选（第一辑）

主编 李少君

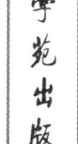
学苑出版社

图书在版编目（CIP）数据

中国七夕·爱在仙女湖：千首爱情诗歌精选．第一辑 / 李少君主编．—北京：学苑出版社，2023.8
ISBN 978-7-5077-6748-3

Ⅰ．①中⋯ Ⅱ．①李⋯ Ⅲ．①诗集—中国—当代 Ⅳ．① I227

中国国家版本馆 CIP 数据核字（2023）第 157310 号

责任编辑：任彦霞
出版发行：学苑出版社
社　　址：北京市丰台区南方庄 2 号院 1 号楼
邮政编码：100079
网　　址：www.book001.com
电子信箱：xueyuanpress@163.com
联系电话：010-67601101（营销部）、010-67603091（总编室）
印　刷　厂：北京兰星球彩色印刷有限公司
开本尺寸：710 mm × 1000 mm　1/16
印　　张：14
字　　数：186 千字
版　　次：2023 年 8 月第 1 版
印　　次：2023 年 8 月第 1 次印刷
定　　价：37.00 元

"中国七夕·爱在仙女湖"
千首爱情诗歌精选
（第一辑）

主 办 单 位：《诗刊》社
　　　　　　中国诗歌网
　　　　　　仙女湖风景名胜区管理委员会
承 办 单 位：仙女湖区旅游局
　　　　　　兴博文旅
总　策　划：蒋　斌　徐　鸿

编 委 会

主　　　任：吉狄马加　李少君
委　　　员：舒　婷　陈仲义　陈先发　陈宝忠　胡　弦
　　　　　　曹宇翔　敬文东　何言宏　林　莉　戴有山
　　　　　　梁尔源　林　珊　程　维　刘云兮

编 辑 部

主　　　编：李少君
副　主　编：周俊华　潘丽云
编辑部主任：蓝　野
编辑部副主任：潘志军　曾宪礼
编　　　辑：丁　鹏　隋　伦　曾子芙　寇硕恒　赵　琳
　　　　　　李春艳　胡　刚　罗雅彬　元改亮　方京京

爱需要建构(代序)

李少君

哲学家巴迪欧说:爱情是最小的共产主义。爱是一种持之以恒的构建。爱是走向真理的过程,将我们升华到更高的境界,在爱中创造,在爱中解脱。爱的可贵在于:从某一瞬间的偶然出发,去尝试一种永恒。永恒在瞬间降临,把偶然固定。在时间中去实现和展开。在其《爱的四重奏》一书中,巴迪欧认为捍卫爱是哲学的任务。

我赞同这样的观点:爱不是一劳永逸的,爱需要建构。而最好的办法,就是从爱情诗中去学习领悟。

爱是人生遭遇的第一次奇迹,所有的人,在第一次遭遇爱情时,都会惊叹。

爱的疯狂有时出乎所有意料,古代诗歌中有"我欲与君相知,长命无绝衰。山无陵,江水为竭,冬雷震震,夏雨雪,天地合,乃敢与君绝",爱情的决心和誓言,每一个字都落地有声;现代诗歌中有多多的《少女波尔卡》:"同样的骄傲,同样的捉弄 / 这些自由的少女 / 这些将要长成皇后的少女 / 会为了爱情,到天涯海角 / 会跟随坏人,永不变心",这是陷入初恋中的少女的决绝,一意孤行,勇往直前,甚至赴汤蹈火也在所不辞,所以有人说爱是盲目的,但人生难得有一次激情燃烧的时候,爱情就是一种奇迹。所以,海子说诗歌是一场烈火。诗和爱是一样的本质,很类似。

智利诗人聂鲁达《二十二首情歌和一首绝望的诗》，是最著名的爱情篇章，"因为我爱你，风中的松树／要用它们的针叶歌唱你的名字""我喜欢你是寂静的／仿佛你消失了一样……你从所有的事物中浮现／充满了我的灵魂……你的沉默是星星的沉默／遥远而明亮""海洋知道我们相爱／高山上的石头知道／我们的吻以无边的纯真／开出鲜花"……这组诗，展现了一个完整的美丽多姿的爱情世界。

舒婷的《致橡树》"我必须是你近旁的一株木棉／作为树的形象和你站在一起／根，紧握在地下／叶，相触在云里／每一阵风过／我们都相互致意"，这是爱的现代平等观。爱情中没有平等，就不可能长久，更不要说永恒。

司马相如的《凤求凰》是初恋之诗，"有一美人兮，见之不忘。一日不见兮，思之如狂"；昌耀的《良宵》则是恋爱中的诗人，"我的爱情却如夜色一样羞涩"，夜色是朦胧的，爱情也是，心动的感觉总是带着羞涩，爱恋之人细腻微妙的情愫，在昌耀的笔下何等动人；当代诗人胡弦的《小谣曲》是一首爱的回忆之诗："我记得你手指纤长，爱笑／衣服上的碎花孤独于世"，隽永而忧伤。

正因为爱情诗的这种魅力，《诗刊》社、中国诗歌网与仙女湖七夕文化旅游度假区联合主办，仙女湖区旅游局、兴博文旅承办了"爱在七夕·情定仙女湖"爱情诗歌全国征集活动。仙女湖因东晋文学家干宝所著《搜神记》中"毛衣女下凡新喻"爱情传说而得名，是中国七夕节发源地和"中国七仙女传说之乡"。仙女湖七夕文化旅游度假区现在是一个令人向往的美好生活目的地，位于江西省新余市，度假区湖岛星罗棋布，湖汊港湾众多，汇山、水、洞、泉于一域，集秀、幽、奇、美于一体，有着爱情的浪漫和深厚的文化底蕴。度假区正以七夕文化为核心，举办七夕文化旅游节，它打造了七夕老街、户外婚礼基地、七夕文化主题景观等旅游体验项目，是国内外知名的"浪漫新地标，爱情打卡地"。这次征集到的部分优秀爱情诗，也收入了我们编选的这部爱情诗集里。

爱情的诗篇，数不胜数，我们这里提到的、编选的，只是沧海之一粟，但爱值得所有的人投入。爱也需要学习，因为爱是一种建构，需要我们所有的激情和智慧，需要我们的一生。

我相信你和我一样，读这本诗选，会调动你所有的情感和情绪，沉浸在爱情的海洋里。

2022 年 12 月 4 日

目录

中国古代爱情诗词选　　　　　　　　　　　　　　　/ 001

蒹葭	〔先秦〕佚　名	/ 002
关雎	〔先秦〕佚　名	/ 002
菁菁者莪	〔先秦〕佚　名	/ 002
桑中	〔先秦〕佚　名	/ 003
九歌·湘夫人	〔先秦〕屈　原	/ 003
和项王歌	〔先秦〕虞　姬	/ 004
上邪	〔两汉〕佚　名	/ 004
穆穆清风至	〔两汉〕佚　名	/ 005
白头吟	〔两汉〕卓文君	/ 005
凤求凰	〔两汉〕司马相如	/ 006
有所思	〔两汉〕佚　名	/ 006
迢迢牵牛星	〔两汉〕佚　名	/ 007
饮马长城窟行	〔两汉〕佚　名	/ 007
四愁诗	〔两汉〕张　衡	/ 008
定情诗	〔魏晋〕繁　钦	/ 008
子夜四时歌·春风动春心	〔南北朝〕佚　名	/ 010
拟客从远方来	〔南北朝〕鲍令晖	/ 010
春日行	〔南北朝〕鲍　照	/ 010
子夜四时歌·渊冰厚三尺	〔南北朝〕佚　名	/ 011

咏同心芙蓉	〔隋〕杜公瞻 / 011
小长干曲	〔唐〕崔国辅 / 012
题柳	〔唐〕温庭筠 / 012
古离别	〔唐〕贯　休 / 012
江城子·浣花溪上见卿卿	〔唐〕张　泌 / 013
无题·昨夜星辰昨夜风	〔唐〕李商隐 / 013
夜雨寄北	〔唐〕李商隐 / 013
离思五首·其四	〔唐〕元　稹 / 014
忆江南·衔泥燕	〔唐〕牛　峤 / 014
雉朝飞	〔唐〕李　白 / 014
乌夜啼	〔唐〕李　白 / 015
琴台	〔唐〕杜　甫 / 015
隔汉江寄子安	〔唐〕鱼玄机 / 015
湘妃	〔唐〕李　贺 / 016
大堤曲	〔唐〕李　贺 / 016
浪淘沙·借问江潮与海水	〔唐〕白居易 / 016
潜别离	〔唐〕白居易 / 017
写情	〔唐〕李　益 / 017
竹枝词·山桃红花满上头	〔唐〕刘禹锡 / 017
竹枝词二首·其一	〔唐〕刘禹锡 / 018
结爱	〔唐〕孟　郊 / 018
情	〔唐〕吴　融 / 018
钓鱼湾	〔唐〕储光羲 / 019
采莲子·船动湖光滟滟秋	〔唐〕皇甫松 / 019
春望词四首·其三	〔唐〕薛　涛 / 019
朝来曲	〔唐〕王昌龄 / 020
杂曲歌辞·春江曲	〔唐〕郭元振 / 020
相思	〔唐〕王　维 / 020
蝴蝶儿·蝴蝶儿	〔唐〕张　泌 / 020

赠内	〔唐〕白居易 / 021
虞美人·春花秋月何时了	〔五代〕李 煜 / 021
虞美人·春山拂拂横秋水	〔五代〕冯延巳 / 022
南乡子·相见处	〔五代〕李 珣 / 022
应天长·平江波暖鸳鸯语	〔五代〕毛文锡 / 022
蝶恋花·春暮	〔五代〕李 煜 / 023
鹊桥仙·碧梧初出	〔宋〕严 蕊 / 023
卜算子·我住长江头	〔宋〕李之仪 / 023
忆秦娥·花深深	〔宋〕郑文妻 / 024
少年游·重阳过后	〔宋〕晏 殊 / 024
清平乐·红笺小字	〔宋〕晏 殊 / 024
望夫石	〔宋〕王安石 / 025
苏幕遮·怀旧	〔宋〕范仲淹 / 025
虞美人·玉楼缥缈孤烟际	〔宋〕欧阳澈 / 025
诉衷情·花前月下暂相逢	〔宋〕张 先 / 026
祝英台近·杏花初	〔宋〕李彭老 / 026
偶成	〔宋〕李清照 / 026
行香子·七夕	〔宋〕李清照 / 027
卷珠帘·记得来时春未暮	〔宋〕魏夫人 / 027
元夜三首·其三	〔宋〕朱淑真 / 027
落花	〔宋〕朱淑真 / 028
七夕歌	〔宋〕张 耒 / 028
六州歌头·东风著意	〔宋〕韩元吉 / 029
黄金缕·家在钱塘江上住	〔宋〕司马槱 / 029
柳梢青·七夕	〔宋〕刘 镇 / 029
鹊桥仙·富沙七夕为友人赋	〔宋〕赵以夫 / 030
六幺令·绿阴春尽	〔宋〕晏几道 / 030
鹊桥仙·七夕	〔宋〕范成大 / 031
七夕	〔宋〕杨朴 / 031

鹊桥仙·纤云弄巧	〔宋〕秦　观 / 031
玉楼春·桃溪不作从容住	〔宋〕周邦彦 / 032
定风波·感旧	〔宋〕苏　轼 / 032
蝶恋花·记得画屏初会遇	〔宋〕苏　轼 / 032
鹊桥仙·七夕	〔宋〕苏　轼 / 033
江城子·乙卯正月二十日夜记梦	〔宋〕苏　轼 / 033
西江月·新秋写兴	〔宋〕刘辰翁 / 033
八六子·如花貌	〔宋〕柳　永 / 034
生查子·情景	〔宋〕姚　宽 / 034
塞鸿秋·爱他时似爱初生月	〔元〕佚　名 / 034
湖州竹枝词	〔元〕张　雨 / 035
沉醉东风·七夕	〔元〕卢　挚 / 035
一剪梅·雨打梨花深闭门	〔明〕唐　寅 / 035
木兰花令·拟古决绝词柬友	〔清〕纳兰性德 / 036
画堂春·一生一代一双人	〔清〕纳兰性德 / 036
浣溪沙·谁念西风独自凉	〔清〕纳兰性德 / 036
少年游·算来好景只如斯	〔清〕纳兰性德 / 037
红豆曲	〔清〕曹雪芹 / 037
桂殿秋·思往事	〔清〕朱彝尊 / 037
减字木兰花·春夜闻隔墙歌吹声	〔清〕项鸿祚 / 038
韩庄闸舟中七夕	〔清〕姚　燮 / 038
感旧四首·其二	〔清〕黄景仁 / 038
鹊桥仙·云林瞩题闰七夕联吟图	〔清〕顾太清 / 039

中国现、当代爱情诗选　　　　　　　　　　　　　　　／041

风波	闻一多 / 042
邮吻	刘大白 / 042
偶然	徐志摩 / 043

断句	朱　湘 / 044
你是人间的四月天	林徽因 / 044
雨巷	戴望舒 / 045
希望	胡　适 / 047
致橡树	舒　婷 / 048
日记	海　子 / 049
布拖女郎	吉狄马加 / 050
再见，夏天	柏　桦 / 051
玫瑰	欧阳江河 / 052
爱情是里尔克的豹	叶延滨 / 053
爱人	芒　克 / 054
瞬间	林　莽 / 055
我们	宗白华 / 057
此刻	何向阳 / 057
我想和你虚度时光	李元胜 / 059
我和你	李　琦 / 060
小谣曲	胡　弦 / 062
江心洲	路　也 / 062
起风了	娜　夜 / 064
多年前，一个雪夜	李　南 / 064
百年之后——致妻	大　解 / 065
过程	林　白 / 066
从此天涯一首诗	李轻松 / 067
怎样的未来	树　才 / 068
我记得那隧道中的漆黑	海　男 / 069
婚姻	蓝　蓝 / 070
在尘世	阿　信 / 070
告别	古　马 / 071
当我们谈论爱情	张执浩 / 071

你的手	韩 东 / 072
阳台上的女人	沈 苇 / 073
她爱他所有的当初	荣 荣 / 074
献诗	雷平阳 / 075
月亮	汤养宗 / 076
恋爱十四行	西 渡 / 077
爱情植物	臧 棣 / 078
在古代	翟永明 / 079
第三天，风用它明亮的翅膀	杜 涯 / 081
世界屋脊的瓦片下	陈人杰 / 082
卢浮宫我没去见蒙娜丽莎	梁 平 / 083
梅——给妻子	田 禾 / 084
后三十年	郁 葱 / 085
下午的钢琴声	杨森君 / 085
重庆万盛黑山谷雪景	龚学敏 / 086
爱过的，就不会再爱了	朵 渔 / 086
心爱之物	代 薇 / 087
寂寞里突然想起了一个人	高 凯 / 088
反爱情诗	毛 子 / 088
窗下	黄礼孩 / 089
荡漾	大 卫 / 090
啊，这闪电般的爱	张作梗 / 091
过去的爱情	江 非 / 092
响器	叶丽隽 / 094
空空的爱人	池凌云 / 094
分离	卢卫平 / 095
缓慢地爱	唐 力 / 096
比永远多一秒	汪剑钊 / 097
青花瓷	娜仁琪琪格 / 098

你还好吗	阿　华 / 099
林中读书的少女	梁晓明 / 100
那个年代	颜梅玖 / 101
如你所见	甫跃辉 / 102
我的男人	灯　灯 / 103
江堤上	林　莉 / 103
我见过的爱情很多	金铃子 / 104
我记得你睡觉的姿势	庞　培 / 104
明天将出现什么样的词	安　琪 / 105
在场的忧伤	阿　毛 / 106
爱	剑　男 / 107
给你写一首诗吧	敕勒川 / 107
田野上的爱情	白庆国 / 108
在加速的时代寻找缓慢的爱	田　湘 / 109
我喜欢你耳垂上的那一点星光	徐南鹏 / 110
我爱你	余秀华 / 111
多年之后	胡茗茗 / 111
离别辞	刘　年 / 113
橙子	冯　娜 / 113
林中空地	陆辉艳 / 114
从医院出来	熊　焱 / 115
颤抖	臧海英 / 115
看你嘛	桑　眉 / 116
所有真正爱过的都不会消失	舒丹丹 / 117
我爱……	熊　曼 / 117
在夏河拉卜楞	离　离 / 118
在另一个时候喜欢	弥赛亚 / 119
坐在你对面	羽微微 / 120
我们去看稻子吧	敬丹樱 / 120

落差	李松山	/ 121
我决定这样去爱一个人	唐　果	/ 121
初雪：致爱的洁癖	徐俊国	/ 122
回忆	江一苇	/ 123
坐在对面的爱情	杨碧薇	/ 123
我从未这样爱过一个人	康　雪	/ 124
我们的祖宗仍在天上相爱	庄　凌	/ 125
清晨	玉　珍	/ 126
我们爱的时候，我们在爱什么	吕　达	/ 126
我想给你寂静的爱	苏笑嫣	/ 127

外国爱情诗选　　　　　　　　　　　　　　　/ 129

露易莎	［英］威廉·华兹华斯	秦立彦 译	/ 130
爱得更多的一个	［英］奥登	王家新 译	/ 131
当一切入睡	［法］雨果	飞　白 译	/ 132
我爱你	［法］弗朗西斯·雅姆	树　才 译	/ 133
像这样细细地听	［俄］茨维塔耶娃	飞　白 译	/ 135
我想和你一起生活	［俄］茨维塔耶娃	汪剑钊 译	/ 136
你的灵魂与我的灵魂是那样亲近			
	［俄］茨维塔耶娃（俄）	汪剑钊 译	/ 137
从童话到童话	［俄］茨维塔耶娃	汪剑钊 译	/ 138
爱情	［俄］吉皮乌斯	汪剑钊 译	/ 138
爱情	［俄］阿赫玛托娃	汪剑钊 译	/ 139
我俩无力就此绝情地分手	［俄］阿赫玛托娃	汪剑钊 译	/ 140
我把这些诗句献给	［俄］茨维塔耶娃	刘文飞 译	/ 141
一见钟情	［波兰］辛波斯卡	胡　桑 译	/ 142
金婚纪念日	［波兰］维斯拉瓦·辛波斯卡	胡　桑 译	/ 144
春日祈祷	［美］弗罗斯特	曹明伦 译	/ 145

我的唇吻过谁的唇，在哪里			
	[美]埃德娜·圣文森特·米蕾	赵毅衡 译	/ 146
抒情曲	[美]庞德	赵毅衡 译	/ 147
祈求革命的爱情	[美]莱维托芙	赵毅衡 译	/ 148
来自北方乡村的女孩	[美]鲍勃·迪伦	周公度 译	/ 149
爱你	[土耳其]希克梅特	李以亮 译	/ 150
深藏，我的爱	[新西兰]巴克斯特	张桃洲 译	/ 150
草坪	[日]谷川俊太郎	田　原 译	/ 151
繁花盛开的荒野	[葡萄牙]弗洛贝拉·伊思班卡	姚　风 译	/ 152
既然有了玫瑰	[葡萄牙]佩索阿	姚　风 译	/ 153
星夜	[芬兰]索德格朗	李　笠 译	/ 153
致命运女神	[德]荷尔德林	岩　子 译	/ 154
死去的不是爱情	[西班牙]塞尔努达	赵振江 译	/ 155
莫辜负你金色的年华	[西班牙]贡戈拉	赵振江 译	/ 156
我爱你	[西班牙]路易斯·塞尔努达	赵振江 译	/ 156
情欲	[希腊]卡瓦菲斯	阿　九 译	/ 157

"爱在七夕·情定仙女湖"专栏　　　　　　/ 159

仙女湖	曹宇翔	/ 160
仙女湖	梁尔源	/ 161
微雨游仙女湖	程　维	/ 161
仙女湖	林　珊	/ 163
仙女从天降，风吹波浪起	戴有山	/ 163
赞仙女湖两首	陈宝忠	/ 166
再游仙女湖	蓝　野	/ 167
低音曲：湖边，灰喜鹊在飞	阿　华	/ 167
雅音	谢健健	/ 171
冬之篇：回旋曲	田　勇	/ 172

篇名	作者	页码
雪是雨的羽毛	黑小白	174
水在风暴中漂流，我在爱你中凋零	张伟锋	175
爱情诗廊检索	朱永富	175
我们相爱时，万物如此完美	徐 俊	176
一只鸟，落在爱情里（节选）	于小尘	177
仙女湖：每一滴湖水为爱溯源	郑安江	178
声音	夏 栋	179
十行	霜 白	181
仙湖问天，问爱情的真言	程东斌	181
会仙岛，套用爱情的格式	苏美晴	183
仙女湖晚霞	张智学	184
爱情的起点	夏蔚蓝	185
爱的鸣奏	英 伦	186
仙女湖，这人间的情话牵手走过（节选）	纳兰若哥	187
仙女湖，为爱荡漾（节选）	王志彦	189
在仙女湖养一群岛，等你（节选）	何艺勇	190
仙女湖，水做的情书（节选）	林国鹏	191
爱情岛	江锦灵	193
仙女湖之恋	成小耳	194
我喜欢爱情岛的旧风物	龚 杰	195
仙女湖，像极了爱情	郭 涛	195
仙女湖，写给爱人的片断（节选）	陈 岗	196
七夕，仙女湖：爱情的幻想	温勇智	197
仙女湖	张玉婷	199
月色	罗燕廷	199
在桃花岛，种一棵树	姜莞莞	200
江口电厂艺术区：仿佛只有古朴的回忆才能让爱情永生	曹 兵	201

后记　　　　　　　　　　　　　　　　　　　　　　　／203

中国古代爱情诗词选

蒹葭

〔先秦〕佚 名

蒹葭苍苍，白露为霜。所谓伊人，在水一方。
溯洄从之，道阻且长。溯游从之，宛在水中央。
蒹葭萋萋，白露未晞。所谓伊人，在水之湄。
溯洄从之，道阻且跻。溯游从之，宛在水中坻。
蒹葭采采，白露未已。所谓伊人，在水之涘。
溯洄从之，道阻且右。溯游从之，宛在水中沚。

关雎

〔先秦〕佚 名

关关雎鸠，在河之洲。窈窕淑女，君子好逑。
参差荇菜，左右流之。窈窕淑女，寤寐求之。
求之不得，寤寐思服。悠哉悠哉，辗转反侧。
参差荇菜，左右采之。窈窕淑女，琴瑟友之。
参差荇菜，左右芼之。窈窕淑女，钟鼓乐之。

菁菁者莪

〔先秦〕佚 名

菁菁者莪，在彼中阿。既见君子，乐且有仪。

菁菁者莪，在彼中沚。既见君子，我心则喜。
菁菁者莪，在彼中陵。既见君子，锡我百朋。
泛泛杨舟，载沉载浮。既见君子，我心则休。

桑中

〔先秦〕佚　名

爰采唐矣？沬之乡矣。云谁之思？美孟姜矣。
期我乎桑中，要我乎上宫，送我乎淇之上矣。
爰采麦矣？沬之北矣。云谁之思？美孟弋矣。
期我乎桑中，要我乎上宫，送我乎淇之上矣。
爰采葑矣？沬之东矣。云谁之思？美孟庸矣。
期我乎桑中，要我乎上宫，送我乎淇之上矣。

九歌·湘夫人

〔先秦〕屈　原

帝子降兮北渚，目眇眇兮愁予。
袅袅兮秋风，洞庭波兮木叶下。（袅袅　一作：嫋嫋）
登白薠兮骋望，与佳期兮夕张。
鸟何萃兮蘋中，罾何为兮木上？
沅有芷兮澧有兰，思公子兮未敢言。
荒忽兮远望，观流水兮潺湲。
麋何食兮庭中？蛟何为兮水裔？
朝驰余马兮江皋，夕济兮西澨。

闻佳人兮召予，将腾驾兮偕逝。
筑室兮水中，葺之兮荷盖。
荪壁兮紫坛，播芳椒兮成堂。
桂栋兮兰橑，辛夷楣兮药房。
罔薜荔兮为帷，擗蕙櫋兮既张。
白玉兮为镇，疏石兰兮为芳。
芷葺兮荷屋，缭之兮杜衡。
合百草兮实庭，建芳馨兮庑门。
九嶷缤兮并迎，灵之来兮如云。
捐余袂兮江中，遗余褋兮澧浦。
搴汀洲兮杜若，将以遗兮远者。
时不可兮骤得，聊逍遥兮容与。

和项王歌

〔先秦〕虞 姬

汉兵已略地，四方楚歌声。
大王意气尽，贱妾何聊生！

上邪

〔两汉〕佚 名

上邪！我欲与君相知，长命无绝衰。
山无陵，江水为竭，冬雷震震，夏雨雪，天地合，乃敢与君绝。

穆穆清风至

〔两汉〕佚　名

穆穆清风至，吹我罗衣裾。
青袍似春草，草长条风舒。
朝登津梁山，褰裳望所思。
安得抱柱信，皎日以为期。

白头吟

〔两汉〕卓文君

皑如山上雪，皎若云间月。
闻君有两意，故来相决绝。
今日斗酒会，明旦沟水头。
躞蹀御沟上，沟水东西流。
凄凄复凄凄，嫁娶不须啼。
愿得一心人，白头不相离。
竹竿何袅袅，鱼尾何簁簁！
男儿重意气，何用钱刀为！

凤求凰

〔两汉〕司马相如

有一美人兮,见之不忘。(一作:有美人兮,见之不忘。)
一日不见兮,思之如狂。
凤飞翱翔兮,四海求凰。
无奈佳人兮,不在东墙。
将琴代语兮,聊写衷肠。
何时见许兮,慰我彷徨。
愿言配德兮,携手相将。
不得於飞兮,使我沦亡。

有所思

〔两汉〕佚 名

有所思,乃在大海南。
何用问遗君,双珠玳瑁簪。
用玉绍缭之。
闻君有他心,拉杂摧烧之。
摧烧之,当风扬其灰!
从今以往,勿复相思,相思与君绝!
鸡鸣狗吠,兄嫂当知之。
妃呼狶!
秋风肃肃晨风飔,东方须臾高知之!

迢迢牵牛星

〔两汉〕佚　名

迢迢牵牛星，皎皎河汉女。
纤纤擢素手，札札弄机杼。
终日不成章，泣涕零如雨。
河汉清且浅，相去复几许。
盈盈一水间，脉脉不得语。

饮马长城窟行

〔两汉〕佚　名

青青河畔草，绵绵思远道。
远道不可思，夙昔梦见之。（夙昔　一作：宿昔）
梦见在我傍，忽觉在他乡。
他乡各异县，辗转不相见。
枯桑知天风，海水知天寒。
入门各自媚，谁肯相为言？
客从远方来，遗我双鲤鱼。
呼儿烹鲤鱼，中有尺素书。
长跪读素书，书中竟何如？
上言加餐食，下言长相忆。（餐食　一作：餐饭）

四愁诗

〔两汉〕张　衡

我所思兮在太山，欲往从之梁父艰。
侧身东望涕沾翰。
美人赠我金错刀，何以报之英琼瑶。
路远莫致倚逍遥，何为怀忧心烦劳。
我所思兮在桂林，欲往从之湘水深。
侧身南望涕沾襟。
美人赠我琴琅玕，何以报之双玉盘。
路远莫致倚惆怅，何为怀忧心烦怏。
我所思兮在汉阳，欲往从之陇阪长。
侧身西望涕沾裳。
美人赠我貂襜褕，何以报之明月珠。
路远莫致倚踟蹰，何为怀忧心烦纡。
我所思兮在雁门，欲往从之雪雰雰。
侧身北望涕沾巾。
美人赠我锦绣段，何以报之青玉案。
路远莫致倚增叹，何为怀忧心烦惋。

定情诗

〔魏晋〕繁　钦

我出东门游，邂逅承清尘。
思君即幽房，侍寝执衣巾。

时无桑中契，迫此路侧人。
我既媚君姿，君亦悦我颜。
何以致拳拳？绾臂双金环。
何以道殷勤？约指一双银。
何以致区区？耳中双明珠。
何以致叩叩？香囊系肘后。
何以致契阔？绕腕双跳脱。
何以结恩情？美玉缀罗缨。
何以结中心？素缕连双针。
何以结相于？金薄画搔头。
何以慰别离？耳后玳瑁钗。
何以答欢忻？纨素三条裙。
何以结愁悲？白绢双中衣。
与我期何所？乃期东山隅。
日旰兮不来，谷风吹我襦。
远望无所见，涕泣起踟蹰。
与我期何所？乃期山南阳。
日中兮不来，飘风吹我裳。
逍遥莫谁睹，望君愁我肠。
与我期何所？乃期西山侧。
日夕兮不来，踯躅长叹息。
远望凉风至，俯仰正衣服。
与我期何所？乃期山北岑。
日暮兮不来，凄风吹我襟。
望君不能坐，悲苦愁我心。
爱身以何为，惜我华色时。
中情既款款，然后克密期。
褰衣蹑茂草，谓君不我欺。

厕此丑陋质，徙倚无所之。
自伤失所欲，泪下如连丝。

子夜四时歌·春风动春心

〔南北朝〕佚　名

春风动春心，流目瞩山林。
山林多奇采，阳鸟吐清音。

拟客从远方来

〔南北朝〕鲍令晖

客从远方来，赠我漆鸣琴。木有相思文，弦有别离音。
终身执此调，岁寒不改心。愿作阳春曲，宫商长相寻。

春日行

〔南北朝〕鲍　照

献岁发，吾将行。
春山茂，春日明。
园中鸟，多嘉声。
梅始发，柳始青。
泛舟舻，齐棹惊。

奏《采菱》，歌《鹿鸣》。
风微起，波微生。
弦亦发，酒亦倾。
入莲池，折桂枝。
芳袖动，芬叶披。
两相思，两不知。

子夜四时歌·渊冰厚三尺

〔南北朝〕佚　名

渊冰厚三尺，素雪覆千里。
我心如松柏，君情复何似？

咏同心芙蓉

〔隋〕杜公瞻

灼灼荷花瑞，亭亭出水中。
一茎孤引绿，双影共分红。
色夺歌人脸，香乱舞衣风。
名莲自可念，况复两心同。

小长干曲

〔唐〕崔国辅

月暗送湖风,相寻路不通。
菱歌唱不彻,知在此塘中。

题柳

〔唐〕温庭筠

杨柳千条拂面丝,绿烟金穗不胜吹。
香随静婉歌尘起,影伴娇娆舞袖垂。
羌管一声何处曲,流莺百啭最高枝。
千门九陌花如雪,飞过宫墙两自知。

古离别

〔唐〕贯 休

离恨如旨酒,古今饮皆醉。
只恐长江水,尽是儿女泪。
伊余非此辈,送人空把臂。
他日再相逢,清风动天地。

江城子·浣花溪上见卿卿

〔唐〕张　泌

浣花溪上见卿卿,眼波明,黛眉轻。绿云高绾,金簇小蜻蜓。
好是问他来得么?和笑道:莫多情。

无题·昨夜星辰昨夜风

〔唐〕李商隐

昨夜星辰昨夜风,画楼西畔桂堂东。
身无彩凤双飞翼,心有灵犀一点通。
隔座送钩春酒暖,分曹射覆蜡灯红。
嗟余听鼓应官去,走马兰台类转蓬。

夜雨寄北

〔唐〕李商隐

君问归期未有期,巴山夜雨涨秋池。
何当共剪西窗烛,却话巴山夜雨时。

离思五首·其四

〔唐〕元 稹

曾经沧海难为水,除却巫山不是云。
取次花丛懒回顾,半缘修道半缘君。

忆江南·衔泥燕

〔唐〕牛 峤

衔泥燕,飞到画堂前。
占得杏梁安稳处,体轻唯有主人怜,堪羡好因缘。

雉朝飞

〔唐〕李 白

麦陇青青三月时,白雉朝飞挟两雌。
锦衣绣翼何离褷,犊牧采薪感之悲。
春天和,白日暖。
啄食饮泉勇气满,争雄斗死绣颈断。
雉子班奏急管弦,倾心酒美尽玉碗。
枯杨枯杨尔生稊,我独七十而孤栖。
弹弦写恨意不尽,瞑目归黄泥。

乌夜啼

〔唐〕李　白

黄云城边乌欲栖,归飞哑哑枝上啼。
机中织锦秦川女,碧纱如烟隔窗语。
停梭怅然忆远人,独宿孤房泪如雨。

琴台

〔唐〕杜　甫

茂陵多病后,尚爱卓文君。酒肆人间世,琴台日暮云。
野花留宝靥,蔓草见罗裙。归凤求凰意,寥寥不复闻。

隔汉江寄子安

〔唐〕鱼玄机

江南江北愁望,相思相忆空吟。
鸳鸯暖卧沙浦,鸂鶒闲飞橘林。
烟里歌声隐隐,渡头月色沉沉。
含情咫尺千里,况听家家远砧。

湘妃

〔唐〕李 贺

筠竹千年老不死，长伴神娥盖江水。
蛮娘吟弄满寒空，九山静绿泪花红。
离鸾别凤烟梧中，巫云蜀雨遥相通。
幽愁秋气上青枫，凉夜波间吟古龙。

大堤曲

〔唐〕李 贺

妾家住横塘，红纱满桂香。
青云教绾头上髻，明月与作耳边珰。
莲风起，江畔春；大堤上，留北人。
郎食鲤鱼尾，妾食猩猩唇。
莫指襄阳道，绿浦归帆少。
今日菖蒲花，明朝枫树老。

浪淘沙·借问江潮与海水

〔唐〕白居易

借问江潮与海水，何似君情与妾心？
相恨不如潮有信，相思始觉海非深。

潜别离

〔唐〕白居易

不得哭,潜别离。
不得语,暗相思。
两心之外无人知。
深笼夜锁独栖鸟,利剑春断连理枝。(春断 一作:春断)
河水虽浊有清日,乌头虽黑有白时。
唯有潜离与暗别,彼此甘心无后期。

写情

〔唐〕李益

水纹珍簟思悠悠,千里佳期一夕休。
从此无心爱良夜,任他明月下西楼。

竹枝词·山桃红花满上头

〔唐〕刘禹锡

山桃红花满上头,蜀江春水拍山流。
花红易衰似郎意,水流无限似侬愁。

竹枝词二首·其一

〔唐〕刘禹锡

杨柳青青江水平,闻郎江上唱歌声。(唱歌 一作:踏歌)
东边日出西边雨,道是无晴却有晴。(却有晴 一作:还有晴)

结爱

〔唐〕孟 郊

心心复心心,结爱务在深。
一度欲离别,千回结衣襟。
结妾独守志,结君早归意。
始知结衣裳,不如结心肠。
坐结行亦结,结尽百年月。

情

〔唐〕吴 融

依依脉脉两如何,细似轻丝渺似波。
月不长圆花易落,一生惆怅为伊多。

钓鱼湾

〔唐〕储光羲

垂钓绿湾春,春深杏花乱。
潭清疑水浅,荷动知鱼散。
日暮待情人,维舟绿杨岸。

采莲子·船动湖光滟滟秋

〔唐〕皇甫松

船动湖光滟滟秋,贪看年少信船流。
无端隔水抛莲子,遥被人知半日羞。

春望词四首·其三

〔唐〕薛　涛

风花日将老,佳期犹渺渺。
不结同心人,空结同心草。

朝来曲
〔唐〕王昌龄

日昃鸣珂动，花连绣户春。
盘龙玉台镜，唯待画眉人。

杂曲歌辞·春江曲
〔唐〕郭元振

江水春沉沉，上有双竹林。
竹叶坏水色，郎亦坏人心。

相思
〔唐〕王 维

红豆生南国，春来发几枝。
愿君多采撷，此物最相思。

蝴蝶儿·蝴蝶儿
〔唐〕张 泌

蝴蝶儿，晚春时。阿娇初著淡黄衣，倚窗学画伊。
还似花间见，双双对对飞。无端和泪拭胭脂，惹教双翅垂。

赠内

〔唐〕白居易

生为同室亲,死为同穴尘。
他人尚相勉,而况我与君。
黔娄固穷士,妻贤忘其贫。
冀缺一农夫,妻敬俨如宾。
陶潜不营生,翟氏自爨薪。
梁鸿不肯仕,孟光甘布裙。
君虽不读书,此事耳亦闻。
至此千载后,传是何如人?
人生未死间,不能忘其身。
所须者衣食,不过饱与温。
蔬食足充饥,何必膏粱珍?
缯絮足御寒,何必锦绣文?
君家有贻训,清白遗子孙。
我亦贞苦士,与君新结婚。
庶保贫与素,偕老同欣欣。

虞美人·春花秋月何时了

〔五代〕李 煜

春花秋月何时了?往事知多少。小楼昨夜又东风,故国不堪回首月明中。

雕栏玉砌应犹在,只是朱颜改。问君能有几多愁?恰似一江春水向东流。

虞美人·春山拂拂横秋水

〔五代〕冯延巳

春风拂拂横秋水,掩映遥相对。
只知长坐碧窗期,谁信东风吹散彩云飞。
银屏梦与飞鸾远,只有珠帘卷。
杨花零落月溶溶,尘掩玉筝弦柱画堂空。

南乡子·相见处

〔五代〕李珣

相见处,晚晴天,刺桐花下越台前。
暗里回眸深属意,遗双翠,骑象背人先过水。

应天长·平江波暖鸳鸯语

〔五代〕毛文锡

平江波暖鸳鸯语,两两钓船归极浦。
芦洲一夜风和雨,飞起浅沙翘雪鹭。
渔灯明远渚,兰棹今宵何处?
罗袂从风轻举,愁杀采莲女!

蝶恋花·春暮

〔五代〕李　煜

遥夜亭皋闲信步。才过清明，渐觉伤春暮。数点雨声风约住。朦胧淡月云来去。（渐觉 一作：早觉）

桃杏依稀香暗渡。谁在秋千，笑里轻轻语。一寸相思千万绪。人间没个安排处。（依稀 一作：依依）

鹊桥仙·碧梧初出

〔宋〕严　蕊

碧梧初出，桂花才吐，池上水花微谢。穿针人在合欢楼，正月露、玉盘高泻。

蛛忙鹊懒，耕慵织倦，空做古今佳话。人间刚道隔年期，指天上、方才隔夜。

卜算子·我住长江头

〔宋〕李之仪

我住长江头，君住长江尾。
日日思君不见君，共饮长江水。
此水几时休，此恨何时已。
只愿君心似我心，定不负相思意。

忆秦娥·花深深

〔宋〕郑文妻

花深深。一钩罗袜行花阴。行花阴。闲将柳带,细结同心。

日边消息空沉沉。画眉楼上愁登临。愁登临。海棠开后,望到如今。

少年游·重阳过后

〔宋〕晏　殊

重阳过后,西风渐紧,庭树叶纷纷。朱阑向晓,芙蓉妖艳,特地斗芳新。

霜前月下,斜红淡蕊,明媚欲回春。莫将琼萼等闲分,留赠意中人。

清平乐·红笺小字

〔宋〕晏　殊

红笺小字,说尽平生意。鸿雁在云鱼在水,惆怅此情难寄。

斜阳独倚西楼,遥山恰对帘钩。人面不知何处,绿波依旧东流。

望夫石

〔宋〕王安石

云鬟烟鬓与谁期,一去天边更不归。
还似九疑山下女,千秋长望舜裳衣。

苏幕遮·怀旧

〔宋〕范仲淹

碧云天,黄叶地,秋色连波,波上寒烟翠。山映斜阳天接水,芳草无情,更在斜阳外。

黯乡魂,追旅思,夜夜除非,好梦留人睡。明月楼高休独倚,酒入愁肠,化作相思泪。(留人睡 一作:留人醉)

虞美人·玉楼缥缈孤烟际

〔宋〕欧阳澈

玉楼缥缈孤烟际。徒倚愁如醉。雁来人远暗消魂。帘卷一钩新月、怯黄昏。

那人音信全无个。幽恨谁凭破。扑花蝴蝶若知人。为我一场清梦、去相亲。

诉衷情·花前月下暂相逢

〔宋〕张　先

花前月下暂相逢。苦恨阻从容。何况酒醒梦断,花谢月朦胧。
花不尽,月无穷。两心同。此时愿作,杨柳千丝,绊惹春风。

祝英台近·杏花初

〔宋〕李彭老

杏花初,梅花过,时节又春半。帘影飞梭,轻阴小庭院。旧时月底秋千,吟香醉玉,曾细听、歌珠一串。

忍重见。描金小字题情,生绡合欢扇。老了刘郎,天远玉箫伴。几番莺外斜阳,阑干倚遍,恨杨柳、遮愁不断。

偶成

〔宋〕李清照

十五年前花月底,相从曾赋赏花诗。
今看花月浑相似,安得情怀似往时。

行香子·七夕
〔宋〕李清照

草际鸣蛩。惊落梧桐。正人间、天上愁浓。云阶月地,关锁千重。纵浮槎来,浮槎去,不相逢。

星桥鹊驾,经年才见,想离情、别恨难穷。牵牛织女,莫是离中。甚霎儿晴,霎儿雨,霎儿风。

卷珠帘·记得来时春未暮
〔宋〕魏夫人

记得来时春未暮,执手攀花,袖染花梢露。暗卜春心共花语,争寻双朵争先去。

多情因甚相辜负,轻拆轻离,欲向谁分诉。泪湿海棠花枝处,东君空把奴分付。

元夜三首·其三
〔宋〕朱淑真

火树银花触目红,揭天鼓吹闹春风。
新欢入手愁忙里,旧事惊心忆梦中。
但愿暂成人缱绻,不妨常任月朦胧。
赏灯那得工夫醉,未必明年此会同。

落花

〔宋〕朱淑真

连理枝头花正开,妒花风雨便相催。
愿教青帝常为主,莫遣纷纷点翠苔。

七夕歌

〔宋〕张　耒

人间一叶梧桐飘,蓐收行秋回斗杓。
神宫召集役灵鹊,直渡天河云作桥。
桥东美人天帝子,机杼年年劳玉指。
织成云雾紫绡衣,辛苦无欢容不理。
帝怜独居无与娱,河西嫁得牵牛夫。
自从嫁后废织纴,绿鬓云鬟朝暮梳。
贪欢不归天帝怒,谪归却踏来时路。
但令一岁一相逢,七月七日河边渡。
别多会少知奈何,却忆从前恩爱多。
匆匆离恨说不尽,烛龙已驾随羲和。
河边灵官晓催发,令严不管轻离别。
空将泪作雨滂沱,泪痕有尽愁无歇。
寄言织女若休叹,天地无情会相见。
犹胜嫦娥不嫁人,夜夜孤眠广寒殿。

六州歌头·东风著意

〔宋〕韩元吉

东风著意,先上小桃枝。红粉腻,娇如醉,倚朱扉。记年时,隐映新妆面,临水岸,春将半,云日暖,斜桥转,夹城西。草软莎平,跋马垂杨渡,玉勒争嘶。认娥眉,凝笑脸,薄拂燕脂。绣户曾窥,恨依依。

共携手处,香如雾,红随步,怨春迟。消瘦损,凭谁问?只花知,泪空垂。旧日堂前燕,和烟雨,又双飞。人自老,春长好,梦佳期。前度刘郎,几许风流地,花也应悲。但茫茫暮霭,目断武陵溪,往事难追。

黄金缕·家在钱塘江上住

〔宋〕司马槱

家在钱塘江上住。花落花开,不管年华度。燕子又将春色去,纱窗一阵黄昏雨。(家在 一作:妾本)

斜插犀梳云半吐。檀板清歌,唱彻黄金缕。望断云行无去处,梦回明月生春浦。(春浦 一作:南浦)

柳梢青·七夕

〔宋〕刘 镇

干鹊收声,湿萤度影,庭院深香。步月移阴,梳云约翠,人在回廊。

醺醺宿酒残妆。待付与、温柔醉乡。却扇藏娇,牵衣索笑,今夜差凉。

鹊桥仙·富沙七夕为友人赋
〔宋〕赵以夫

翠绡心事,红楼欢宴,深夜沉沉无暑。竹边荷外再相逢,又还是、浮云飞去。

锦笺尚湿,珠香未歇,空惹闲愁千缕。寻思不似鹊桥人,犹自得、一年一度。

六幺令·绿阴春尽
〔宋〕晏几道

绿阴春尽,飞絮绕香阁。晚来翠眉宫样,巧把远山学。一寸狂心未说,已向横波觉。画帘遮匝,新翻曲妙,暗许闲人带偷掐。

前度书多隐语,意浅愁难答。昨夜诗有回文,韵险还慵押。都待笙歌散了,记取来时霎。不消红蜡,闲云归后,月在庭花旧栏角。(栏角 一作:阑角)

鹊桥仙·七夕
〔宋〕范成大

双星良夜,耕慵织懒,应被群仙相妒。娟娟月姊满眉颦,更无奈、风姨吹雨。

相逢草草,争如休见,重搅别离心绪。新欢不抵旧愁多,倒添了、新愁归去。

七夕
〔宋〕杨 朴

未会牵牛意若何,须邀织女弄金梭。
年年乞与人间巧,不道人间巧已多。

鹊桥仙·纤云弄巧
〔宋〕秦 观

纤云弄巧,飞星传恨,银汉迢迢暗度。
金风玉露一相逢,便胜却人间无数。
柔情似水,佳期如梦,忍顾鹊桥归路!
两情若是久长时,又岂在朝朝暮暮。

玉楼春·桃溪不作从容住

〔宋〕周邦彦

桃溪不作从容住,秋藕绝来无续处。
当时相候赤阑桥,今日独寻黄叶路。
烟中列岫青无数,雁背夕阳红欲暮。
人如风后入江云,情似雨余粘地絮。

定风波·感旧

〔宋〕苏 轼

莫怪鸳鸯绣带长,腰轻不胜舞衣裳。薄幸只贪游冶去,何处,垂杨系马恣轻狂。

花谢絮飞春又尽,堪恨。断弦尘管伴啼妆。不信归来但自看,怕见,为郎憔悴却羞郎。

蝶恋花·记得画屏初会遇

〔宋〕苏 轼

记得画屏初会遇。好梦惊回,望断高唐路。
燕子双飞来又去。纱窗几度春光暮。
那日绣帘相见处。低眼佯行,笑整香云缕。
敛尽春山羞不语。人前深意难轻诉。

鹊桥仙·七夕

〔宋〕苏 轼

缑山仙子,高清云渺,不学痴牛騃女。
凤箫声断月明中,举手谢,时人欲去。
客槎曾犯,银河波浪,尚带天风海雨。
相逢一醉是前缘,风雨散,飘然何处?

江城子·乙卯正月二十日夜记梦

〔宋〕苏 轼

十年生死两茫茫,不思量,自难忘。千里孤坟,无处话凄凉。纵使相逢应不识,尘满面,鬓如霜。

夜来幽梦忽还乡,小轩窗,正梳妆。相顾无言,惟有泪千行。料得年年肠断处,明月夜,短松冈。(肠断 一作:断肠)

西江月·新秋写兴

〔宋〕刘辰翁

天上低昂似旧,人间儿女成狂。夜来处处试新妆,却是人间天上。
不觉新凉似水,相思两鬓如霜。梦从海底跨枯桑,阅尽银河风浪。

八六子·如花貌

〔宋〕柳　永

如花貌。当来便约，永结同心偕老。为妙年、俊格聪明，凌厉多方怜爱，何期养成心性近，元来都不相表。渐作分飞计料。

稍觉因情难供，恁殛恼。争克罢同欢笑。已是断弦尤续，覆水难收，常向人前诵谈，空遣时传音耗。漫悔懊。此事何时坏了。

生查子·情景

〔宋〕姚　宽

郎如陌上尘，妾似堤边絮。相见两悠扬，踪迹无寻处。
酒面扑春风，泪眼零秋雨。过了离别时，还解相思否？

塞鸿秋·爱他时似爱初生月

〔元〕佚　名

爱他时似爱初生月，喜他时似喜看梅梢月，想他时道几首西江月，盼他时似盼辰勾月。当初意儿别，今日相抛撇，要相逢似水底捞明月。

湖州竹枝词

〔元〕张 雨

临湖门外是侬家,郎若闲时来吃茶。
黄土筑墙茅盖屋,门前一树紫荆花。

沉醉东风·七夕

〔元〕卢 挚

银烛冷秋光画屏,碧天晴夜静闲亭。蛛丝度绣针,龙麝焚金鼎。庆人间七夕佳令。卧看牵牛织女星,月转过梧桐树影。

一剪梅·雨打梨花深闭门

〔明〕唐 寅

雨打梨花深闭门,孤负青春,虚负青春。赏心乐事共谁论?花下销魂,月下销魂。(孤负 一作:忘了;虚负 一作:误了)

愁聚眉峰尽日颦,千点啼痕,万点啼痕。晓看天色暮看云,行也思君,坐也思君。

木兰花令·拟古决绝词柬友

〔清〕纳兰性德

人生若只如初见,何事秋风悲画扇。
等闲变却故人心,却道故人心易变。
骊山语罢清宵半,泪雨霖铃终不怨。
何如薄幸锦衣郎,比翼连枝当日愿。

画堂春·一生一代一双人

〔清〕纳兰性德

一生一代一双人,争教两处销魂。相思相望不相亲,天为谁春?
浆向蓝桥易乞,药成碧海难奔。若容相访饮牛津,相对忘贫。

浣溪沙·谁念西风独自凉

〔清〕纳兰性德

谁念西风独自凉,萧萧黄叶闭疏窗,沉思往事立残阳。
被酒莫惊春睡重,赌书消得泼茶香,当时只道是寻常。

少年游·算来好景只如斯

〔清〕纳兰性德

算来好景只如斯,惟许有情知。寻常风月,等闲谈笑,称意即相宜。

十年青鸟音尘断,往事不胜思。一钩残照,半帘飞絮,总是恼人时。

红豆曲

〔清〕曹雪芹

滴不尽相思血泪抛红豆,开不完春柳春花满画楼。
睡不稳纱窗风雨黄昏后,忘不了新愁与旧愁。
咽不下玉粒金莼噎满喉;照不见菱花镜里形容瘦。
展不开的眉头,捱不明的更漏。
呀!恰便似遮不住的青山隐隐,流不断的绿水悠悠。

桂殿秋·思往事

〔清〕朱彝尊

思往事,渡江干,青蛾低映越山看。
共眠一舸听秋雨,小簟轻衾各自寒。

减字木兰花·春夜闻隔墙歌吹声

〔清〕项鸿祚

阑珊心绪,醉倚绿琴相伴住。一枕新愁,残夜花香月满楼。
繁笙脆管,吹得锦屏春梦远。只有垂杨,不放秋千影过墙。

韩庄闸舟中七夕

〔清〕姚燮

木兰桨子藕花乡,唱罢厅红晚气凉。
烟外柳丝湖外水,山眉澹碧月眉黄。

感旧四首·其二

〔清〕黄景仁

唤起窗前尚宿酲,啼鹃催去又声声。
丹青旧誓相如札,禅榻经时杜牧情。
别后相思空一水,重来回首已三生。
云阶月地依然在,细逐空香百遍行。

鹊桥仙·云林瞩题闰七夕联吟图

〔清〕顾太清

新秋逢闰,鹊桥重驾,两度人间乞巧。栏干斜转玉绳低,问乞得、天机多少?

闺中女伴、天边佳会,多事纷纷祈祷。神仙之说本虚无,便是有、也应年老。

中国现、当代爱情诗选

风波

闻一多

我戏将沉檀焚起来祀你,
那知他会烧的这样狂!
他虽散满一世界底异香,
但是你的香吻没有抹尽的。
那些渣滓,却化作了云雾。
满天,把我的两眼障瞎了;
我看不见你,便放声大哭,
像小孩寻不见他的妈了。
立刻你在我耳旁低声地讲:
(但你的心也雷样地震荡)
"在这里,大惊小怪地闹些什么?
一个好教训哦!"说完了笑着。
爱人!这戏禁不得多演;
让你的笑焰把我的泪晒干!

邮吻

刘大白

我不是不能用指头撕,
我不是不能用剪刀剖,
祇是缓缓地

轻轻地
很仔细地挑开了紫色的信唇；
我知道这信唇里面，
藏着她秘密的一吻。

从她的很郑重的折叠里，
我把那粉红色的信笺，
很郑重地展开了。
我把她很郑重地写的
一字字一行行，
一字字一行行地
很郑重地读了。

我不是爱那一角模糊的邮印，
我不是爱那幅精致的花纹，
祇是缓缓地
轻轻地
很仔细地揭起那绿色的邮花；
我知道这邮花的背后，
藏着她秘密的一吻。

偶然

徐志摩

我是天空里的一片云，
偶尔投影在你的波心——

你不必讶异,
　　更无须欢喜——
在转瞬间消灭了踪影。
你我相逢在黑夜的海上,
你有你的,我有我的,方向;
　　你记得也好,
　　最好你忘掉,
在这交会时互放的光亮!

断　句

朱　湘

有许多话要藏在心底,
专等一个人……

等她一世都没有踪迹,
宁可不做声。

你是人间的四月天

林徽因

我说你是人间的四月天;
笑响点亮了四面风;
轻灵在春的光艳中交舞着变。
你是四月早天里的云烟,

黄昏吹着风的软,
星子在无意中闪,
细雨点洒在花前。
那轻,那娉婷,你是,
鲜妍百花的冠冕你戴着,
你是天真,庄严。
你是夜夜的月圆。
雪化后那片鹅黄,你像;
新鲜初放芽的绿,你是;
柔嫩喜悦,
水光浮动着你梦期待中白莲。
你是一树一树的花开,
是燕在梁间呢喃,
——你是爱,是暖,是希望,
你是人间的四月天!

雨巷

戴望舒

撑着油纸伞,独自
彷徨在悠长、悠长
又寂寥的雨巷,
我希望逢着
一个丁香一样的
结着愁怨的姑娘。

她是有
丁香一样的颜色，
丁香一样的芬芳，
丁香一样的忧愁，
在雨中哀怨，
哀怨又彷徨。

她彷徨在这寂寥的雨巷，
撑着油纸伞
像我一样，
像我一样地
默默彳亍着，
冷漠、凄清，又惆怅。

她静默地走近
走近，又投出
太息一般的眼光，
她飘过
像梦一般的，
像梦一般的凄婉迷茫。

像梦中飘过
一枝丁香的，
我身旁飘过这女郎；
她静默地远了、远了，
到了颓圮的篱墙，
走尽这雨巷。

在雨的哀曲里,
消了她的颜色,
散了她的芬芳
消散了,甚至她的
太息般的眼光,
丁香般的惆怅。

撑着油纸伞,独自
彷徨在悠长、悠长
又寂寥的雨巷,
我希望飘过
一个丁香一样的
结着愁怨的姑娘。

希望

胡 适

我从山中来,带着兰花草,
种在小园中,希望开花好。

一日望三回,望到花时过;
急坏看花人,苞也无一个。

眼见秋天到,移花供在家;
明年春风回,祝汝满盆花!

致橡树

舒 婷

我如果爱你——
绝不像攀援的凌霄花,
借你的高来炫耀自己;

我如果爱你——
绝不学痴情的鸟儿,
为绿荫重复单调的歌曲;

也不止像泉源,
常年送来清凉的慰藉;
也不止像险峰,增加你的高度,衬托你的威仪。
甚至日光,
甚至春雨。

不,这些都还不够!
我必须是你近旁的一株木棉,
作为树的形象和你站在一起。
根,紧握在地下;
叶,相触在云里。

每一阵风过,
我们都互相致意,
但没有人,

听得懂我们的言语。

你有你的铜枝铁干,
像刀,像剑,
也像戟;
我有我红硕的花朵,
像沉重的叹息,
又像英勇的火炬。

我们分担寒潮、风雷、霹雳;
我们共享雾霭、流岚、虹霓。
仿佛永远分离,
却又终身相依。

这才是伟大的爱情,
坚贞就在这里:

爱——
不仅爱你伟岸的身躯,
也爱你坚持的位置,脚下的土地。

日 记

海 子

姐姐,今夜我在德令哈,夜色笼罩
姐姐,今夜我只有戈壁

草原尽头我两手空空
悲痛时握不住一颗泪滴
姐姐,今夜我在德令哈
这是雨水中一座荒凉的城

除了那些路过的和居住的
德令哈……今夜
这是惟一的,最后的,抒情
这是惟一的,最后的,草原

我把石头还给石头
让胜利的胜利
今夜青稞只属于她自己
一切都在生长
今夜我只有美丽的戈壁空空

姐姐,今夜我不关心人类,我只想你

布拖女郎

吉狄马加

就是从她那古铜般的脸上
我第一次发现了那片土地的颜色
我第一次发现了太阳鹅黄色的眼泪
我第一次发现了那季风留下的齿痕
我第一次发现了幽谷永恒的沉默

就是从她那谜一样动人的眼里
我第一次听到了高原隐隐的雷声
我第一次听见了黄昏轻推着木门
我第一次听见了火塘甜蜜的叹息
我第一次听见了头巾下如水的吻

就是从她那安然平静的额前
我第一次看见了远方风暴的缠绵
我第一次看见了岩石盛开着花朵
我第一次看见了梦着情人的月光
我第一次看见了四月怀孕的河流

就是从她那倩影消失的地方
我第一次感到了悲哀和孤独
但我永远不会忘记那一天
在大凉山一个多雨的早晨
一个孩子的初恋被带到了远方

再见,夏天

柏 桦

我用整个夏天同你告别
我的悲怆和诗歌
皱纹劈啪点起
岁月在焚烧中变为勇敢的痛哭

泪水汹涌，燃遍道路
燕子南来北去
证明我们苦难的爱情
暴雨后的坚贞不屈

风迎面扑来，树林倾倒
我散步穿过黑色的草地
穿过干枯的水库
心跳迅速，无言而感动

我来向你告别，夏天
我的痛苦和幸福
曾火热地经历你的温柔
忘却吧、记住吧、再见吧，夏天！

玫 瑰

欧阳江河

第一次凋谢后，不会再有玫瑰。
最美丽的往往也是最后的。
尖锐的火焰刺破前额，
我无法避升这来自冥界的热病
玫瑰与从前的风暴连成一片。
我知道她向往鲜艳的肉体，
但比人们所想象的更加阴郁。

往日的玫瑰泣不成声
她溢出耳朵前已经枯萎了。
正在盛开的,还能盛开多久?
玫瑰之恋痛饮过那么多情人,
如今他们衰老得像高处的杯子,
失手时感到从未有过的平静。

所有的玫瑰中被拿掉了一朵。
为了她,我将错过晚年的幽邃之火
如果我在写作,她是最痛的语言。
我写了那么多书,但什么也不能挽回
仅一个词就可以结束我的一生,
正像最初的玫瑰,使我一病多年。

爱情是里尔克的豹

叶延滨

爱情是动作迅疾的事件
像风,迎面扑来的风
像鹰,发现目标敛翅的鹰
像闪电,你刚发现了又隐没的闪电
从此,一切
都不再和以前一样了

爱情是里尔克的豹
在铁栅那边走啊走啊

而你隔着铁栅
望着那豹发着绿光的眼睛说
等待，还是死亡

爱情是大树
是橡树和青枫
所有枝条都交错的天空
是树下的小花
花儿正初绽露水中的花蕾
是花边的小草
草丛中有一处坟茔
是坟茔里两个人安静地躺着

两个人都在回忆
头一次约会的那个晚上
躺在草丛里
数着满天星……

爱人

芒 克

假如你的躯体
已还原与小小的黄土一堆
那我仍然愿意像当初一样
躺在你隆起的怀里
我愿意变成阳光

并为你制做成皮肤

我愿意与你悄悄地融为一体

假如你的躯体

已变成春天的土地

那我愿意让自己

失去形体融化成水

我愿意让你把我吮吸得干干净净

那样我对你的感情

就会浸透你全部的身体

瞬间

林 莽

有时候，邻家的鸽子落在我的窗台上

咕咕地轻啼

窗口的大杨树不知不觉间已高过了四层楼的屋顶

它们轻绕那些树冠又飞回来

阳光在蓬松的羽毛上那么温柔

生命日复一日

我往往空着手从街上回来

把书和上衣掷在床上

日子过得匆匆忙忙

我时常不能带回来什么

即使离家数日

只留下你和这小小的屋子
生活日复一日

面对无声无息的默契
我们已习惯了彼此间的宽容
一对鸽子在窗台上咕咕地轻啼
它们在许多瞬间属于我们

日复一日
灰尘落在书脊上渐渐变黄
如果生活时时在给予
那也许是另一回事
我知道,那无意间提出的请求并不过分
我知道,夏日正转向秋天
也许一场夜雨过后就会落叶纷飞

不是说再回到阳光下幽深的绿阴
日子需要闲遐的时候
把家收拾干净,即使
轻声述说些无关紧要的事
情感也会在其间潜潜走过
当唇际间最初的战栗使你感知了幸福
这一瞬已延伸到了生命的尽头
而那些请求都是无意间说出的

我们

宗白华

我们并立天河下。
人间已落沉睡里。
天上的双星
映在我们的两心里。
我们握着手,看着天,不语。
一个神秘的微颤
经过我们两心深处。

此刻

何向阳

此刻
你指给我看的
大海
已经平静
下来
此刻
鱼翔浅底
礁石突立
你不在礁石
之上

你在
哪里

此刻地铁
灯光转暗
车厢沉寂
突然来临的
静默
好似时间
被谁裁掉
此刻
被拿去的
这个瞬间
你不坐在我的
对面
你在
哪里

此刻深夜
我对人生的
奥秘
并不全然
了解
比如
血与钙
骨
密度
爱或

苦
此刻车行
南京合肥
膝上纸笺
已缀满
抵达的
珍珠
此刻夏至
字句汹涌
繁华无尽
此刻
你不在
我的
纸上
你在哪里
隐身

我想和你虚度时光

李元胜

我想和你虚度时光，比如低头看鱼
比如把茶杯留在桌子上，离开
浪费它们好看的阴影
我还想连落日一起浪费，比如散步
一直消磨到星光满天
我还要浪费风起的时候

坐在走廊发呆,直到你眼中乌云

全部被吹到窗外

我已经虚度了世界,它经过我

疲倦,又像从未被爱过

但是明天我还要这样,虚度

满目的花草,生活应该像它们一样美好

一样无意义,像被虚度的电影

那些绝望的爱和赴死

为我们带来短暂的沉默

我想和你互相浪费

一起虚度短的沉默,长的无意义

一起消磨精致而苍老的宇宙

比如靠在栏杆上,低头看水的镜子

直到所有被虚度的事物

在我们身后,长出薄薄的翅膀

我和你

李 琦

我的爱人,你都已经老了

还是这样,在每一个除夕之夜

先点燃爆竹,而后放焰火

给女儿看,给我看

冰天雪地的哈尔滨

每到这个时刻,都有一种

让人迷醉的绚烂

轻轻地点燃，而后迅疾抽身
这个动作我多熟悉
你那一刻的笑容，被烟花照亮
你这属马姓马的人，从倾心于远行
到变成一匹恋家的老马
所谓地久天长，在我理解
就是，半辈子看你在除夕夜
兴奋忙碌，像一个孩子

你我之间，有太多的故事
完全不同的两个人，性格各异
经常相互讽刺，彼此挑剔
却成为这世上相知最深的人
关于你的记忆，混沌一片
因为千丝万缕，早已理不出头绪

当我生病，说"要是我死了——"
你粗暴地制止：不行！
你说，不擅于怀念
我的人，就必须好好在眼前活着！

好吧，我网开一面，开始痊愈
想起从前，在你的自行车后座上
我们同时，张开两双手臂
模拟鸟儿飞翔。那时
多么年轻，常常不计后果

而今，鬓微霜，无力之感

已让双臂渐渐收拢。更多地
是想着尘埃里的琐事。我和你
就像两只在土里生长的红薯
神情笃定,彼此根茎缠绕
面貌素朴,把底气藏住

小谣曲

胡 弦

流水济世,乱石耽于山中。
我记得南方之慢,天空
蓝得恰如其分;我记得饮酒的夜晚,
风卷北斗,丹砂如沸。

——殷红的斗拱在光阴中下沉,
老槭如贼。春又深,峡谷像个万花筒。
我记得你手指纤长,爱笑,
衣服上的碎花孤独于世。

江心洲

路 也

给出十年时间
我们到江心洲上去安家
一个像首饰盒那样小巧精致的家

江心洲是一条大江的合页
江水在它的北边离别又在南端重逢
我们初来乍到,手拉着手
绕岛一周

在这里我称油菜花为姐姐芦蒿为妹妹
向猫和狗学习自由和单纯
一只蚕伏在桑叶上,那是它的祖国
在江南潮润的天空下
我还来得及生育
来得及像种植一畦豌豆那样
把儿女养大

把床安放在窗前
做爱时可以越过屋外的芦苇塘和水杉树
看见长江
远方来的货轮用笛声使我们的身体
摆脱地心引力

我们志向宏伟,赶得上这里的造船厂
把豪华想法藏在锈迹斑斑的劳作中
每天面对着一条大江居住
光住也能住成李白

我要改编一首歌来唱
歌名叫《我的家在江心洲上》
下面一句应当是"这里有我亲爱的某某"

起风了

娜 夜

起风了　我爱你　芦苇
野茫茫的一片
顺着风
在这遥远的地方不需要
思想
只需要芦苇
顺着风
野茫茫的一片
像我们的爱　没有内容

多年前，一个雪夜

李 南

有些秘密，在酿酒的木桶里
有些事件，在上帝的预言中
有些风，专门收集痛苦和叹息
有些人，为你预备了来世的姻缘。
也是一个大雪纷飞的日子
我们俩从夜晚一直走到天亮
在多年以前。
在爱情诞生以后。

百年之后
——致妻

大 解

百年之后　当我们退出生活
躲在匣子里　并排着　依偎着
像新婚一样躺在一起
是多么安宁

百年之后　我们的儿子和女儿
也都死了　我们的朋友和仇人
也平息了恩怨
干净的云彩下面走动着新人

一想到这些　我的心
就像春风一样温暖　轻松
一切都有了结果　我们不再担心
生活中的变故和伤害

聚散都已过去　缘分已定
百年之后我们就是灰尘
时间宽恕了我们　让我们安息
又一再地催促万物　重复我们的命运

过程

林 白

一月你还没出现,
二月你睡在隔壁,
三月下起了大雨,
四月里遍地蔷薇,
五月我们对面坐着,犹如梦中。
就这样六月到了,
六月里青草盛开,处处芬芳。
七月悲喜交加,
麦浪翻滚连同草地,
直到天涯。
八月就是八月,
八月我守口如瓶。
八月里我是瓶中的水,
你是青天的云。
九月和十月
是两只眼睛,装满了大海
你在海上
我在海下
十一月尚未到来
透过它的窗口
我望见了十二月
十二月大雪弥漫

从此天涯一首诗

李轻松

多年来,我写过那么多的诗,
但独独不敢给你写过一首。
我掌握了太多的词藻与修辞
却怕写喧哗了,也怕写轻浮了,
当然更怕写死寂了。

那离别的伤感,被笛声吹薄
阁楼上的姑娘眼有余光
即使是从此天涯,我也不会断肠。
被时光浸染过的心,成为自己的心经
每天念到三个时辰,那一己之惑
为久久不能挣脱的自我低而又低
哪一首超拔于天地的诗能吟诵给你呢?

先生,我也许越过了那些浮躁的年月,
免不了的流俗,化不开的阴郁
都因你的而清新如画——
无比疏朗的眉目,有了灵动之气
一本秘籍被仙人翻阅
那纷纷的落英之手!你破译的宇庙苍茫
都有了纤毫毕现的波涛,和一清见底的澄澈。

怎样的未来

树　才

是一种怎样的失眠，使你
铁了心，要嫁给我？
是一种怎样的病，让我
毁了身子，也看穿了未来？

"我们恋爱了这么多年……"
你说，像嫩芽儿刚被掐走。

省略号似的一天天。苦中
有乐。两只生鸡蛋换一份煎饼
果子。一口气跑上十四层楼……
发烧的心把西北风挡在体外。

"你以后会懂我的话……"
我说。在命里伏下这么一笔。

日子给日子打补丁。吵吵
闹闹，都不要紧。结了疤
爱情的血照样流得欢畅……
两片树叶掉地上难以生根。

"未来还未来……"
而你，正盘算对它的迎接。

但那是怎样的未来，使我
心惊肉跳，睡不好觉？
但那是怎样的未来，使你
一边晒太阳，一边像虚脱？

"我懂了你当年的话……"
一棵树，也快白了头。

我记得那隧道中的漆黑

海　男

我记得那隧道中的漆黑，就像探矿者
头顶灯光。永劫者，是为了相互遇见
朝圣者，屏住呼吸，有奇迹出现吗

我记得去年或今年，骰子扔出去，音律啊
朗诵中的天堂，礼赞和荣耀哪一个更辽阔
一个古人策马驰骋的疆域带来了语言的起源

我记得你脸颊的青铜色，熔炼需要水和磁铁
一个陶罐中装满了秘密，倘若立于山冈
你是否会讲述清楚陶罐中的历史和未来

我记得你的羞涩，那铁的未经淬炼的原色
我记得你轻微的焦躁以后，雨水洗干净了窗台
我记得你生活在万物中时，曾养活了满院的雀鸟

婚姻

蓝 蓝

并不是人们说的那样，爱情
需要一个安顿的地方。假如没有它
——在指尖上狂跳的心脏——
爱所能在一个人心中唤起的爱情的
意外——它一直在奔跑
此后，持续一个奇迹：那最平庸的。
但还是爱——男人和女人。
它在失去中得到。
并在失去中维持：
—两张变得相像的脸。

在尘世

阿 信

在赶往医院的街口，遇见红灯——
车辆缓缓驶过，两边长到望不见头。
我扯住方寸已乱的妻子，说：
不急。初冬的空气中，
几枚黄金般的银杏叶，从枝头
飘坠地面，落在脚边。我拥着妻子
颤抖的肩，看车流无声、缓缓地经过。
我一遍遍对妻子，也对自己

说：不急。不急。
我们不急。
我们身在尘世，像两粒相互依靠的尘埃，
静静等着和忍着。

告别

古 马

翅膀告别手风琴
我告别歌声

雪把香留在你腰里
雨把衣裳贴紧你的皮肤
雨中石榴又红又亮
可惜，我的心早已不在往昔

我把天空的沉默
带进了眼睛

当我们谈论爱情

张执浩

当我们谈论爱情时
雷声越来越近了
当我们的争论被雷声打断

爱情凭空淌下泪水

我们老了，依然对爱情

着迷，至少还有兴趣探究

雷声提醒我们

泥塑之身终有归于尘埃之时

风吹走一部分

雨拿走一部分

余下的将被和成稀泥

涂抹在外墙上

我们坐在窗前看雨夜

闪电慌乱，眼神迷离

说到曾经爱过的人

最好的结局是一场瓢泼大雨

你的手

韩　东

你的手搁在我身上

安心睡去

我因此而无法入眠

轻微的重量

逐渐变成了铅

夜晚又很长

你的姿势毫不改变

这只手象征着爱情

也许还另有深意

我不敢推开它
或惊醒你
等到我习惯并且喜欢
你在梦中又突然把手抽回
并对一切无从知晓

阳台上的女人

沈 苇

在干旱的阳台上,她种了几盆沙漠植物
她的美可能是有毒的,如同一株罂粟
但没有长出刺,更不会伤害一个路人
有几秒钟,我爱上了她
包括她脸上的倦容,她身后可能的男人和孩子
并不比一个浪子或酒鬼爱得热烈、持久
这个无名无姓的女人,被阳台虚构着
因为抽象,她属于看到她的任何一个人
她分送自己:一个眼神,一个拢发的动作
弯腰提起丝袜的姿势,迅速被空气蒸发
似乎发生在现实之外,与此情此景无关
只要我的手指能触抚到她内心的一点疼痛
我就轰响着全力向她推进
然而她的孤寂是一座坚不可摧的城堡
她的身体封闭着万种柔情
她的呼吸应和着远方、地平线、日落日升
莫非她仅仅是我胡思乱想中的一个闪念?

但我分明看见了她,这个阳台上的女人
还有那些奇异、野蛮的沙漠植物
她的性感,像吊兰垂挂下来,触及了地面
她的乳房,像两头小鹿,翻过栏杆
她的错误可能忽略不计
她的堕落拥有一架升天的木梯
她沉静无语,不发出一点鸟雀的叽喳
正在生活温暖的巢窝专心孵蛋
或者屏住呼吸和心跳,准备展翅去飞

她爱他所有的当初

荣 荣

她爱他所有的当初,
他的磊落,他的万事在胸,
他揽她入怀又伸手拍摄,
让整个夜街的灯火全成为背景。

她也爱他的用心,
喜欢,自然深爱。
花树下,他们共享一个比喻,
快乐像这样像那样,
如此的乐同样如此的快。

那里,她可以娇小如甜点,
或是白月光,睡前故事或热奶。

她可以要求这样要求那样，
她可以停留，昨日重回，
看时间一圈圈慢慢褪去他的身影。

一个且行且远的原点，注定跑偏的剧设，
像身体磨损，容颜更替。
暗中那渗人的撕裂声无人听见，
她仍爱着，爱所有的悔不当初！

献诗

雷平阳

我希望你永远消耗着我的生命
让我们一起瓜分：这么多的尘埃和空气
这么多的劳役和汗水……
说好了，我多分一点，就一点
说好了，你是我的女儿，你有足够的理由
指使我，在家里，在世上，在空中
不停地飞奔。我们都厌倦了
人多事多的生活，那里面埋藏着太多
不可告人的秘密，虚伪和背叛还是次要的
有的甚至是罪恶……但这并不妨碍
我们一再地使用拒绝的技术
除了你，谁又曾一直默默地庇护过我
谁又曾谅解过我的过失？谁又曾
为我的付出而像你一样感动并投桃报李

明天是你的生日，我们一起生活了六年
就让我也媚俗地在此说说植物学里的玫瑰
"它一般有五片花萼，在其叶柄基部
就连刺芒也总是成双成对。至于它的花蕊
雌蕊总躲在花托中睡眠，雄蕊则自生而始
一直守护在花托边缘，直到死。"
尽管它的花期最长也只有八个月
但詹姆斯说："远远不止于一万年
甚至更长。"我的意思并非想以这蔷薇科植物
象征什么，时间史、伦理学和家庭史
我只是想说，在中医领域，它的药用价值
也许可以作为我们生活的参考
"性温，味甘，微苦
可活血止痛，可解郁行气。"

月亮

汤养宗

看见月亮，如看见我仇人的女人
仍旧不依不饶的爱着我。
这种感觉真好，在这个二流的年代
给了我一流的心境
江河奔流如沸，人世次序更迭
想一想，我还有离经叛道的爱
哪怕这比喻被全世界人反对
想一想人心的问卷，已被我骇俗地

穿肠而过,万籁终于可以俱寂
好吧,你们去观赏你们的火焰,可我
心中还有一只蝴蝶,像临终关怀

恋爱十四行

西 渡

恋爱 身体的宝石
和闪光。
火和兵刃。
恋爱 是扫帚的光芒
七丛白炽的星星。
是众水之上
的船只。
是玉米和野火的光。
恋爱是飞鸟的肉体。
是飞鸟肉体中的宝石。
恋爱的光
是燃烧的房屋的光
恋爱 就是从肉体
分裂出唯一的宝石。

爱情植物

臧 棣

不像。不像。但露水的拇指
的确正向下按着
我绿色的胸脯。我的背部
是几只蝴蝶的菜园。

鸟鸣传来,那清脆的发条
把更多的青草唤醒,
并磨成我们只能认出
却不知道如何使用的针。

枝杈间,黝黑的巢
像一个已经消失了的理想国
留下的皇冠。生机啊,
你注定没有别的替身。

石头的啤酒肚上
黑蚂蚁的松紧带正提着
阴影的衬裙。我也学会了
如何把我的手绢递给风。

阳光的小刻刀
继续着月光没有完成的工作,
在我舒展的身上纹着

稍稍带点色情的图案。

而晚些时辰，两只蜻蜓
将它们的项链放在
我的小行军床上。它们在飞行中
做我们想做而无法做到的事情。

夏天最小的屏风
究竟在哪里呢？我听见
两个在美术馆里约会的人这样问。
我不认为他们是见过我后才这样说的。

我仰面躺着，像一个被拧下的瓶盖，
而瓶子里的药片已被吃光。
我也可以更简单：自始至终
我是你身上的叶子。

在古代

翟永明

在古代我只能这样
给你写信　并不知道
我们下一次
会在哪里见面

现在　我往你的邮箱

灌满了群星　它们都是五笔字形
它们站起来　为你奔跑
它们停泊在天上的某处
我并不关心

在古代　青山严格地存在
当绿水醉倒在他的脚下
我们只不过抱一抱拳　彼此
就知道后会有期

现在你在天上飞来飞去
群星满天跑　碰到你就像碰到疼处
它们像无数的补丁　去堵截
一个蓝色屏幕　它们并不歇斯底里

在古代　人们要写多少首诗？
才能变成崂山道士　穿过墙
穿过空气　再穿过一杯竹叶青
抓住你　更多的时候
他们头破血流　倒地不起

现在　你正拨一个手机号码
它发送上万种味道
它灌入了某个人的体香
当某个部位颤抖　全世界都颤抖

在古代　我们并不这样
我们只是并肩策马　走几十里地

当耳环叮当作响　你微微一笑
低头间　我们又走了几十里地

第三天，风用它明亮的翅膀

杜　涯

第三天，风用它明亮的翅膀
拍打山梁，也拍打我们的双肩
一整天，我们侧着耳倾听
心中充满不安，和莫名的神圣

山脚下，一顶旧绿帐篷
鼓了起来，那里的风似乎
更大一些
山坡上，所有树木一律向
南方倾斜。春天，我们眼看着它
离去了。我们一言不发

第三天，我们沿着斜长的道路走下山去
我们的爱情像一只黑鸟
站在树枝上，在风中
受伤

世界屋脊的瓦片下

陈人杰

多少年了,分离是拥抱的渡口
你的笑声从海那边传来
纯净、固执
如同我预习不尽的课程
很多事,虽远犹近
只要心存芥蒂
每一片云都是耳膜
闪电便会借助岁月的嘴唇
仿佛亲吻,为山水所隔
却是爱情的冶金学。在那里
我们让小鸟啄来星光
给牧区传授另外的知识
绿色缠绕的辫子里
乳汁、星光,被编织
世界屋脊的瓦片
接受时间和露珠的抚摸
有时落了一夜的雨水
才知道,你的牵挂比雨丝还多
轻轻呼吸,与谁的江南
构成隐秘、漫长的呼应
阳光和飞雪皆连接你的脸庞
内心的波澜在血脉里沉潜向深渊
翻卷同一片洋流

所有的爱，扑向同一个你
我所要的也许
只是你的片言，我的只语
让破碎重新分配宁静
或者，以梦境统一天空
——月光如水，总有黑暗泅润香息
从孤枕中分离出爱的肌肤
当我回眸，时光的瓦片
像浸润的唇，紧咬细密的语境
滑向屋脊的青丝，
一道悬泉不竭地进入云河

卢浮宫我没去见蒙娜丽莎

梁　平

我在卢浮宫广场转了一圈，
知道蒙娜丽莎在里面。
她的微笑早已翻越高墙周游世界，
留在这里只是一朵，
不能开花结果的叹息。
好多人排队在等候她的接见，
我与她擦肩而过，走得义无反顾。
我在这里看她，
和在成都看到的她没有区别。
近在咫尺，丢失的是想象，
没有了想象的蒙娜丽莎，

最终的结局,在卢浮宫无疾而终。
我没有去见她,不遗憾,
我珍惜她笑不露齿藏匿的神秘,
给自己签发一张通行证,
出入无人之境。

梅
——给妻子

田 禾

一条幽径通往花香深处
万花丛中
有一朵是我那叫梅的妻子
我暗恋她时
长发一直垂到了脚后跟

这一朵,就为我开
仿佛在五百年前就为我
准备好了花蕾和花蕊

新开的梅,那么红
像冬天的火焰。温暖了我
融化了我内心的冰雪
并没有烫伤我的嘴唇

后三十年

郁 葱

疼一个人,好好疼她。
写一首诗,最好让人能够背诵。
用蹒跚的步子,走尽可能多的路。
拿一支铅笔,削出铅来,
写几个最简单的字,
然后用橡皮,
轻轻把它们擦掉。

下午的钢琴声

杨森君

我比妻子年长
对于晚年,我有过担忧
以致很长时间我都是在担忧中度过
这个心事我从没有告诉过妻子

现在,妻子坐在钢琴前
她在为我弹奏我们共同喜欢过的
英国名曲《斯卡布罗集市》
都过去这么多年了
妻子宁静的嘴角,依然像少女时代

重庆万盛黑山谷雪景

龚学敏

那些稀疏的雪是风在枝上描出的花朵。在黑山谷，
冬日的湖水成为雪在童话中开始怀春的一位女子。
我在木屋里用松脂走过的路配合时令，茶，和炉火，
包括一些温暖的词。让她们萌芽。

钟声正在不经意的纸上凋谢。万物寂静，
如同那么多放在水中，我们无法搬动的名词的剪影。
如同万盛。
如同冬日里黑山谷的雪景后面掩藏着的春天，
像水浸在纸上，把爱情漫了出来。

爱过的，就不会再爱了

朵 渔

有多少旧巢被弃于风中，有多少新巢
被重新搭建。重复，重复同样的错误

如此轻易地就爱了，又如此轻易地散去
那点旧爱，就像舌尖上一小块易融的蜜

我曾请大雪为你搭好舞台，你却邀来厄运
同台演出，恶和它的披风于是都有了形状

爱过的，就不会再爱了，爱有它的半衰期
如今只剩下恨了，只剩下恨和一点点余烬

我老了，不需要将青春再重演一遍
当我抬头，一个木基督在瞪视我的灵魂

听你嗓音中那咝咝的提琴声，谢谢
梦中的小提琴终又回到大雪的手中。

心爱之物

代 薇

昨夜又梦见你了
你回到我们中间
像远行归来的旅人
"脱落的阳台没有阳光，也没有早餐。"
即使是在梦里
我也清楚这是假的
空间的转移获得了
时间的深度
梦见你，那绝望的美妙
就像奋不顾身跑回正在失火的房子里
取我的心爱之物

寂寞里突然想起了一个人

高 凯

时过境迁人也走了
只见了一面
或两面

但我突然想起了
那一个人

突然想起来的人是很重要的
尤其是在一片寂寞里
热烈地想起

单相思究竟是怎么回事呢
让我一个人病了

只是萍水相逢
但那个人有意给我种下了寂寞
让我折磨我

反爱情诗

毛 子

我一直在消化着你

就像世界安排的那样
我为此豢养了妒意、小野兽、看守和潜逃
现在，我一一把它们消灭
直至彼此的肉体
平易近人
我愿在这个时候说说生活
说说漫长日子里的平淡无奇
再也不会说爱了只说唇亡齿寒
在愈陷愈深的衰老中我的恐惧变本加厉
我说：请你像妈妈那样
把我再生一次……

窗下

黄礼孩

这里刚下过一场雪
仿佛人间的爱都落到低处
你坐在窗下
窗子被阳光突然撞响
多么干脆的阳光呀
仿佛你一生不可多得的喜悦
光线在你思想中
越来越稀薄　越来越
安静　你像一个孩子
一无所知地被人深深爱着

荡漾

大 卫

从额头到指尖,暂时还没有
比你更美好的事物
三千青丝,每一根都是我的
和大海比荡漾,你显然更胜一筹
亲,我爱你腹部的十万亩玫瑰
也爱你舌尖上小剂量的毒

百合不在的时辰
我就是暮色里的那个村庄
而孤独,不过是个只会摇着
拨浪鼓的小小货郎
喜欢这命中注定的相遇
你的眼神比天鹅更诱人
这喜悦的早晨
这狂欢的黄昏

没有比你再美丽的神
积攒了多少年的高贵
仿佛就是为了这一个小时的贱
作准备,你是我的女人
更像我的仇人
不通过落日
我照样完成了一次辉煌的蹂躏

啊,这闪电般的爱

张作梗

啊这闪电般的爱,
高潮如此短暂,而情欲像滚过天边
的雷声那么漫长。
我寄居在一滴猛然走火的雨里了。
我在一滴雨里死去活来。
雨啊,这神秘的受孕体——它包裹我又
被我含纳,草木遍植春风。

我在一滴雨里转世——穿越那闪电,
我抱着灰烬般的爱,在一场疾病中投胎。
"病是一扇窗户,通过它,可以看到别样的风景。"
一滴雨再次成为我的教母。
啊一场阴郁的雨,与疾病多么相得益彰。

我摇撼一滴雨,直到它落下纷披的香椿树叶。
我的病有香椿树叶的味道。
我用雷声抵紧后门,在病中勾兑闪电,
那雨,那阴郁又狂放的
雨,像药引落满身体——杯弓蛇影
啊,草木遍植春风。

谁是谁的回声,谁又是谁的墓床?
——这闪电般的爱,情欲如此短暂,而高潮像滚过天边的雷声那么漫长。
我开启了一个春天,我捕获了一场病。
我把雨滴串成一副水晶珠链,戴在你的颈上,
你说你是巫女,唯有你才能
在我的身上挖出病灶。

过去的爱情

江 非

我想每天下午都骑着一辆自行车
去一所小学校的门口
在那里站着等一会
有一个未婚的女孩从门后
出来
她穿着一件紫格子的上衣
扎着两条光滑的辫子
穿着一双草灰色的布鞋
夕晖落在她浅红的头绳上
也落在她整洁的衣领上
她冲我妩媚地一笑
然后坐上自行车的后座
一只手从后面揽住我
一只手把课本放在腿上轻轻地按着
脚随着车轮的转动
好看地晃着
那时的马路安静多了

人们都在步行着回去

沿途没有多少车辆

没有时装零售店

也没有一家美容院

我们骑在自行车上

有一个合适的去处

有时候在车上说说话

有时候，停下来

我给她买一支秋天的冰糖葫芦

天还不黑，我送她回到巷子口

看着她轻盈地回去

我娶了她，生下了很多孩子

然后，一同死在了一个积劳成疾的深秋

这样的一种

农机技术员和小学教员的爱情

已经是一种过去的故事

已随着时代的流转

消逝了很久

但每当我想起这样的场景

我都想着我就是那个骑在自行车上的人

我骑在自行车上

为这种简单的爱情，为那个心中的爱人

一生奔驰了好久

响器

叶丽隽

挖掘机轰鸣了半晌后
终于停歇。我从附近医院回来,路过它
张开的冷齿,静悬在冬日街头
刻骨的碎梦里。新雪初降
似乎,某个面目正一去不返
我抑制着咳嗽的欲望,悄悄回到屋里坐下
有人西楼吹箫
雪梨,慢煨在炉子上。随着"咔哒"一声
院墙角那儿,枯萎的芭蕉又折断下一枝
这人间呐,响器众多,动静最大的
来自于我们的胸口:那酝酿中的风暴
那束缚下,无望而蛮力的挣扎
我安抚着。亲爱的,我该用什么来眷恋这个世界
眷恋你
我的七弦琴,拨动着一颗羞耻心
那里有个漏洞啊,我会因
不断丧失而日益轻盈么

空空的爱人

池凌云

我对手中的书说:你好

对疲倦的记忆说:再见。
如此周而复始,
我的睡眠并不安宁。

我想念被我虚构的时光,
如果梦是真的,该有多好
可是我必定离梦境越来越远,
最后一梦难求。

我走过一排排枞树,
想抱着其中一棵。
听见有人用轻柔的声音说话
就凝神聆听,面露微笑
我知道不该这样
更不该把头靠向某个肩膀。

我空空的爱人,这次哭过我就不哭了
我要继续爱你空空的身体,
爱你亲吻时空空的颤抖
愁苦的甜蜜,谜一样。

分离

卢卫平

酒瓶睡了
桌上只剩下我和骨头

我听见被锋牙利齿咬过的骨头
张开伤口说话
它没有恨我，它向我问好
它劝我出门在外要少喝酒
夜深了，别凉着胃
别在路灯下看自己的影子
它怀念起和肉相依为命的日子
那多么幸福，虽然是在乡下
虽然只是在一只瓦罐里相遇
它是什么时候学会普通话的
但我依然从它的卷舌音里听出乡音
是我和几个乡亲的聚会
让它骨肉分离
现在，乡亲们走了
也许永远不再回来
我们谁是骨头，谁是肉
我们在岁月的噬咬下
骨肉分离后，有谁能留下来
听听我的骨头用方言搭几句家常

缓慢地爱

唐 力

我要缓慢地爱，我的爱人
当我坐在这个屋子里
我要缓慢地爱着这傍晚的夕光

从窗前移到窗台。我要缓慢地爱着
这些时间。我要把 1 小时换成
60 分，把 1 分换成 60 秒
我要一秒一秒地爱你
就像我热爱你的头发，我也是
一根一根地爱，把它们
一根一根地从青丝爱成白发
而其他的人只会觉得，一瞬间
飞雪就落满了你的头颅
就像我在你的眼角，热爱你的鱼尾纹
我也用 60 年的光阴，一丝一丝地
热爱。就像我们并排而坐
我们中间有 0.5 米的距离
我就会把它分成 500 毫米，一毫米
一毫米的热爱。仿佛永远没有尽头
就像在艰苦的日子里，我爱你的泪水
我也是一滴一滴地
热爱……

在我缓慢的爱中，我飞快地
度过了一生

比永远多一秒

汪剑钊

一片啼啭的云飘过，

遮住摩天大楼的避雷针,
而我,把你肉感的短消息握在掌心,
仿佛怀抱一个盛大的节日。

我随手整理了一下身上的红毛衣,
超现实地联想到艾吕雅,
自由之手曾经疯狂地建造爱情的水晶屋。
一项必须两个人完成的事业——

生活,赶在终点站消失之前,
我无可救药地爱你,
那是情感专列对于时间钢轨的迷恋,
永远爱你,永远……

哦,不,比永远还要多出一秒!

青花瓷

娜仁琪琪格

轻轻地旋转　在水波之上
花香席卷着春波　哦　那暖阳
绿招摇着　它的轻软与喘息
仿佛是烟雨江南

当它出现　就是一次圆满
就是一次脱胎换骨　从一朵云到一个

青花瓷　或者说
从水珠到云到青花瓷
亲爱的　请捧紧我
——我是你的青花瓷

当我喊出青花瓷
我是你的作品　是工艺　是天地的精华
向你讨要　这一生的呵护与不舍

你还好吗

阿　华

五月，我在河边听流水，水声像
琴声，忧伤而美好

顺水而下的，是一片片叶子
有时是蒲草，有时是芦竹

六月，带着蝴蝶，看花去
蝴蝶落肩，花朵别在黑发的那一边

那时候，云朵和柳絮，泡桐与禾苗
在风里，摇了又摇

七月，海棠挂果，桂花藏香
鸟和虫子各自生长，互不打扰

八月,我依旧堂前听偈词——
佛在世时我沉沦,佛灭度后我出生

九月读书,十月写信
小谣曲里,我找一个人的地址和前程

有一句话,我一直想问问:
离开那么久了,你还好吗?

林中读书的少女

梁晓明

纯。而且美
而且知道有人看她
而更加骄傲地挺起小小的胸脯
让我在路边觉得好笑、可爱、这少女的情态
比少女本身更加迷人

少女可以读进书本里去,也可以读在
书的旁边、读在树林、飘带似的小河,一辆轿车
也可以读在我这半老男人注意的眼光中

唉,少女,多可怜的年龄和身体
娇细的腰,未决堤的小丘和
疑狐未婚的心

少女纯白的皮肤让人心疼,而且她还读书
而且还在林中,
而且还骄傲地觉得有人在看

哪怕我走了,她还骄傲地觉得
有下一个人……

那个年代

颜梅玖

那时候我瘦削,单薄
有一大群男孩子跟在后面
他们总是边吹口哨
边按着清脆的铃声

那时候云朵也不紧紧抱在一起
我骑单车,目不斜视
车筐里放着他的旧书
风一样穿过夹桃花盛开的小镇

蓝布裙,白衬衫
门帘一样的齐刘海
每次他说我好看
我都会低下头,不好意思笑笑

那个年代没有手机

没有猜忌和仇人,马路上没有油烟
水很清,路很窄
每个人都用自行车丈量自己的世界

我们也没有太多的想法
能互相看见就很满意
树林很小,苹果花很密
两个人站一会儿,就红彤彤了

如你所见

甫跃辉

如你所见,这人世间有光,有阴影
风卷动荒野草木,雨滴落屋檐
闪电烧伤一株古柏,惊雷吓醒一个孩子
如你所见,万物在生长,也在损毁

平坦大地上,高山危立,河流蜿蜒
河流一生流动,高山一生高耸——
所谓的一生只是我们的一生
也许某一天,河流高耸,高山流动

如你所见,恒久之物唯大地和星辰
然而星辰亦有陨落,大地亦有裂痕
然而我们的一生更短暂如草木
无限的匆匆,被风卷动又被雨滴落

无尽光芒里漂泊,尘埃和尘埃擦肩
野马驰过一座山岗,与另一匹野马相逢
如你所见,人世间的爱恋多么偶然
偶然里紧紧相拥,是我们短暂的一生

我的男人

灯 灯

黄昏了,我的男人带着桉树的气息回来。
黄昏,雨水在窗前透亮
我的男人,一片桉树叶一样找到家门。

一年之中,有三分之一的时光
我的男人,在家中度过
他回来只做三件事——

把我变成他的妻子、母亲和女儿。

江堤上

林 莉

一生中有多少时光容得下你和我
慢慢地漫步在江堤上,慢慢地
看落日坠进千里江水,慢慢地
用你的左手握暖我的右手,慢慢地说爱

起风了,你从背后贴近我
像一支芦苇紧挨着另一支,
像那些铺天盖地的芦花
慢慢地,慢慢地从江堤上振翅一飞

我见过的爱情很多

金铃子

我见过的爱情很多
可是,没有哪一个像你和我
一刻也不敢停
一刻也不能停
我只让目光一寸一寸地在你身体里行走
我只让一只鸟飞来落在黄金般的乳房
蜜一般宁静,柔软
我只让你弹奏深藏不露的乐器
没有人听得见那美妙的声音
除了我,或是你
这就是一个人爱上另一个人
起始和结尾

我记得你睡觉的姿势

庞 培

我记得你睡觉的姿势,

我记得早晨大雪纷飞，镜子

蒙上了水汽；我记得

你站在窗前

满脑子的幻想，

一个柔和的冬天，

我记得你脸上的红晕。

当我们钻进被窝，感到

屋子又大又冷，静悄悄地充满喜悦

——我记得你怯生生的爱、嘴唇、

啜泣的双肩，动情的眼睛……

——我记得！记得

我俩的离别，街上的太阳光、梦、泪水，

一个越来越模糊的房间里

时钟幸福的"滴嗒"声……

明天将出现什么样的词

安 琪

明天将出现什么样的词
明天将出现什么样的爱人
明天爱人经过的时候，天空
将出现什么样的云彩，和怛怳
明天，那适合的一个词将由我的嘴
说出。明天我说出那个词
明天的爱人将变得阴暗

但这正好是我指望的
明天我把爱人藏在我的阴暗里
不让多余的人看到
明天我的爱人穿上我的身体
我们一起说出。但你听到的
只是你拉长的耳朵

在场的忧伤

阿　毛

我坐着不动，像个思想者
其实，我不在思想
我只是忧伤
只是忧伤：母亲的白发
和我自己的沧桑
爱甚至不是一件往事
不是去年，去年的马伦巴
我写的字余温还在
呼吸还在
可你不在，你从我面前走过
就像东逝水
我坐着不动，像个思想者
只是我不再思想，我只是忧伤

爱

剑 男

一个哑巴爱人世爱得多么苦
他看见双目失明的女孩
出现在清晨的河边
远远的、羞怯的跟在女孩后面
像女孩一样
高一脚低一脚
那么多叽叽喳喳的鸟儿
却没有一只替他喊出心中的欢喜

给你写一首诗吧

敕勒川

按说,我们结婚二十多年了,已经不需要
用诗歌来点缀我们的爱情了,更何况,爱情
一经说出,就不是爱情了,就像是艺术品
一标了价钱,就会让人怀疑它的价值

可我还是要为你写一首诗,这是我比较拿手的
一些字、词、句子,带着我的体温和心跳
慢慢抵达你,我是说,也许
文字也是一种抵达爱情的道路,仿佛肉体与金钱

但我能写出什么呢？
我能写出什么样的爱情呢？
天下的爱情都一样，古今也一样，不同的
是人：多么幸运，爱情刚好经历了我们

田野上的爱情

白庆国

我们两个站在田野里
目标太大
像两棵歪脖树
被人们称为孽种

我极力催促你坐在田埂上
保持到模糊的视线
你的固执显然像一颗渣渣菜
叶脉清晰，与你的想法一致
而我言行慌乱，词不达意
恰好有一阵风掩盖了事实
这就是我们第二十二次田野上的爱情
孩子们长到春风拂柳的年龄
它将成为经典

在加速的时代寻找缓慢的爱

田 湘

我看到

鹰和飞机

在空中加速飞行

火车和汽车

在路上加速驰骋

缓慢的世界

快了起来

我看到

树木和稻谷

在加速成长

花朵和小草

在加速开放和凋谢

时间的针摆

加速了生命的轮替

我看到

与你相遇的短暂时光

这小小的幸福

正被岁月湍急的河流

悄然带走

然而

我想记住这美好的瞬间

我想用一生的爱

来慢慢体味

让这小小的幸福

慢慢延伸、扩大

覆盖所有的伤口

我喜欢你耳垂上的那一点星光

徐南鹏

我喜欢你耳垂上的那一点星光

如同喜欢万千桃花中的一朵

如同夏夜，喜欢走上山顶

遥望横亘天庭浩渺银河中的一株

如同拥挤人世

心中的牵念，有时上面盖满灰尘

却无心清理或辨识

那么细小，甚至无法说出有或者无

如同黄昏深处，一个人沿着街走

路灯在身后，一盏盏点亮

我喜欢你耳垂上的那一点星光

在万千乌发中，那一丝跳跃的温暖

我爱你

余秀华

巴巴地活着，每天打水，煮饭，按时吃药
阳光好的时候就把自己放进去，像放一块陈皮
茶叶轮换着喝：菊花，茉莉，玫瑰，柠檬
这些美好的事物仿佛把我往春天的路上带

所以我一次次按住内心的雪
它们过于洁白过于接近春天

在干净的院子里读你的诗歌。这人间情事
恍惚如突然飞过的麻雀儿
而光阴皎洁。我不适宜肝肠寸断

如果给你寄一本书，我不会寄给你诗歌
我要给你一本关于植物，关于庄稼的
告诉你稻子和稗子的区别
告诉你一棵稗子提心吊胆的
春天

多年之后

胡茗茗

多年以后，我依旧

会爱你的衰老、形而上的丑
可我，不敢拿出我的

多少人怀揣锦绣，行行走走
只有你，能与我十指相扣
这一扣，多少年少轻狂
多少快意恩仇
在这个多变的年代
有些事，就是无法改变
空瘪的外壳被大风扬走
靠着沉甸甸的麦秸垛，爱情
终究是一场反省和低头

在你之后，我形同走肉
或者，成为女人中的女人
有毒、有瘾、有小邪恶与大伤心
我们的女儿，嚼着我们熬出的麦芽糖
旁观我们走在各自救赎的路上
长大的她，还会相信爱情吗

多年以后
让我的墓碑挨着你的
或者，来世
把我思念你的日子
——还给你

离别辞

　　刘　年

白岩寺空着两亩水，
你若去了，请种上藕

我会经常来
有时看你，有时看莲

我不带琴来，雨水那么多；
我不带伞来，莲叶那么大

橙子

　　冯　娜

我舍不得切开你艳丽的心痛
粒粒都藏着向阳时零星的甜蜜
我提着刀来
自然是不再爱你了

林中空地

陆辉艳

某种来自森林的气息一直在那儿
我们都很紧张,仿佛林中空地
突然蹿出一只豹子。它带来的经历
远不止这一天,远不止于
这个临街的房间,它可能是:一次梦境的重返。
被填满的身体裂隙。想象中冒犯的丛林,
露珠凝结在某个早晨
弄湿了我们的头发和眼睛

即便那时,从未有过语言
空气将一个世界关闭又打开
只有试图互相说服这件事
让我确信,是试图验证并靠近的
曲折方式。壁画上的河流
在低洼处绕道。那里面没有我们

我们在相互的镜中
凝视,映照或怜惜
当你看向墙壁:没有内容。
没有镜子。一个未完成的空白画框
被古典的技艺:一把赋予永恒的射钉枪
固定在我们的身体里

从医院出来

熊 焱

从医院出来,我们往家走
细雨在下,几声鸟鸣
如盐粒融化于水。命运的风暴从未平息
人世一直充满悲音。我牵起妻子的手
用了一把力。她在人群中假装很平静
除了我,没人知道她刚刚失去了父亲

颤抖

臧海英

我的爱已经不多了
这少数的爱,让我颤抖
我的时间已经不多了
这有限的时间,同样让我颤抖
我的颤抖已经不多了
这少了又少的颤抖,像黑色的金子一样稀有
我偏执地走向黑暗的中心
就为这黑色的金子

看你嘛

桑 眉

秋天连绵起伏的草坡
现在我不喜欢了
不喜欢一个人在坡上坐着
佯观天象,直到月亮转身
映照愁容

在春夜,我早早睡下
像刚出栏的小猪不害怕
不做梦,半夜醒来不叹息
喝点槽子里冰凉的水
倒头又睡

我睡着的时候
月光会把唇边的细绒毛揉更细
把眉眼理匀没有波纹
把睫毛上的蓝水晶呵得更蓝更透明
像你见到过的薄薄的蓝雪

——反正你喜欢或不喜欢的
她都会抢先下手摸一摸
看你吃不吃醋
看你还操着手
看你嘛

所有真正爱过的都不会消失

舒丹丹

雨水停歇,但没有消失
只是渗进泥土,融入根须
以一种新的形式
开启它更高远的旅程
南飞的燕子,也没有真的飞走
只是去了一个更温暖的地方
明年春天,它们就会飞回旧巢
还有那些眨着眼睛的星星
无论黑夜或白天
无论你看见或看不见
其实它们一直都在
在广阔的天庭
在仁慈上帝的膝下
欢快地跳着六翼天使的舞蹈
相信吧,所有我们真正爱过的
都不会消失,因为它们
携着爱——宇宙间最强大的能量

我爱……

熊 曼

我爱着寒夜里的星光

它经由瞳孔，进入眼睛
照亮一个人体内的暗哑

我爱着一片透明的水域
可以栖息白鹭，生长水草
供你我眺望，但一眼望不到底

我爱自身闪着光芒
却不知其为何物
将黑暗与苦涩一起吞下的人

我爱着，这是我一个人的事情
它如窗外淋过雨的蔷薇
微微地低着头

在夏河拉卜楞

离 离

我们在牛羊之后来到草原，牧羊人不见了
我们在夏河的某一小块草地上，遇见经幡
我们在内心里祈祷
夏河拉卜楞寺，是黄昏里的一口钟
我们遇见的喇嘛，其中有几个还是孩子
他们目光清澈，他们的耳朵里
只藏着寺里的钟声
但在夏河拉卜楞，没有爱我的人

看着我合起的双手,和跪过的地方

在另一个时候喜欢

弥赛亚

从来就没有什么赞美
赞美的都是虚无

时间不会是一条向前的直线
它在全世界同时滴落

人们隔着墙摸雨
摸到的是光阴的灰烬

我喜欢自己处在另一个时候
像我喜欢你

你还是那么干净
像水中的一块石头

在水中而不是在空气里
多好啊!是因为,而不是所以

坐在你对面

羽微微

早一些的时候
阳光在屋外
后来它经过了窗台
缓慢地接近我的膝盖和手腕

我想再等一等
再等一等,我也还是没有张开口
也忘记看阳光,往哪里消逝

我想我并不擅于抒情
我总有着不合时宜的沉默和腼腆

我们去看稻子吧

敬丹樱

穿过农舍,鱼塘,紫红的木槿
抵达金黄的稻田。像只狡黠的麻雀,你漫不经心
啄开一粒稻谷

我在你面前停了下来
稻草人一样停了下来

那么多稻田，我只记得黄鹿镇的，那么多稻穗羞涩地低着头
新娘般等待收割

落差

李松山

她发来位置信息，
在来时的高铁上。
而他正在地里抖花生。
因连日暴雨，花生团成泥团。
生活从来不缺少苦难与偏见。
就像此刻她眼中的石漫滩大坝，
闪烁着星星和渔火，
就像他说：杏子熟了，
她在杏仁里。

我决定这样去爱一个人

唐 果

我决定这样去爱一个人
像雪，在他睡着时
悄悄地下
在第一场雪还没完全融化时
紧跟着 再下一场

等他终于发现 雪下得很大
雪已把他裹了厚厚的一层

初雪：致爱的洁癖

徐俊国

众生，皆苦。
第一场雪，如此干净。

初次发生好事那样。
喜悦过度，险些丧失觉悟。

爱我，就发明一种天鹅绒般的忧伤，
天冷，给我围在脖子上。

万物孤寂到聋哑，
我要对着雪花说话。

爱我，就忍受我的洁癖。
世界灰蒙蒙，请你——

心无杂念，
陪我下一场鹅毛大雪。

回忆

江一苇

我们的结婚纪念照,
还躺在我的手机相册里。
我把它设置成了隐私,
因为我也不敢打开它。

我怕看见他。看见他那清澈的眼神,
看见他那年轻自信的笑容。
但这不是重点。重点是
对面的他看见了一个自己曾经最反感的人。

人为什么总会陷入回忆?
因为青春易逝,因为纯真难寻。
一个相信爱情,相信世间一切美好的人,
真的不该和多年后的自己狭路相逢。

坐在对面的爱情

杨碧薇

密林甩着尾巴上的泥浆,金钱豹
从猎枪下跃起
发光的流弹朝夜空喷射

一米外,海啸已经喑哑很久了
我所有的器官
还在你的余澜中慷慨
连同我,虚度的部分

我从未这样爱过一个人

康 雪

在葡萄园里,踩着他的脚印
雨后的泥土,这样柔软
像突然爱上一个人时,自己从内部深陷

可我从未这样爱过一个人。

从未在天刚亮时,就体会到天黑的
透彻和深情。
这深情,必是在远方闪耀而仍被辜负的群星。

我真从未这样爱过一个人。

在葡萄园里,我知晓每一片空荡的绿意
却不知晓脚印覆盖脚印时
这宽阔而没有由来的痛楚。

我们的祖宗仍在天上相爱

庄 凌

我想穿越到一个传说里
邂逅淳朴的牛郎
我在清澈的湖水里洗澡
衣衫被人偷走,心也被偷走

他耕耘劳作,我纺织绣花
远离垃圾与雾霾
我们不羡慕纸醉金迷
将彼此的身体当作远航的船
我们从鸡窝里捡蛋,从椿树上采下嫩叶
品尝舌尖上的人间
当我病了,他会为我熬良药苦口的成语
当他衰老,我会把他织成秀美的锦缎

闲暇时,我们看看野花听听流水
晚上,我会给孩子讲讲故事
指着牵牛星与织女星
那是我们的祖宗,仍在天上相爱

清晨

玉 珍

我渴望美与伤痛的协调
玫瑰与荆棘,懂得相敬如宾

准备好白润的牛奶,
滴入栀子叶上新鲜的露珠
准备好将木桶装入初阳,
秋千上挂着藤萝花。

活着万物美好,而生命
将如我一样善良
爱情,这神圣的事物
需要耐心与天真,我几乎看见
在最远的地方,站着最近的你

一天就要开始了
这新鲜让你永不老去

我们爱的时候,我们在爱什么

吕 达

我去见你是在半世纪来最冷的那天
我们说话,保持头发干净

带着两颗石头心
我们遇见一个甘愿倒在刀下的人
除了爱,我们还需要什么
除了爱,我们还能做什么
但爱不能长久就不是爱

狂风呼啸,我独自走回车站
晨星没有在我心底显现
要知道,你曾将世界分为两部分
——你,和其他人
而现在,我们都如流沙般脆弱易变

我想给你寂静的爱

苏笑嫣

我感到你很疲惫,你微笑着
我看着你微笑的脸,但我知道
它忍受过,抗拒过,言不由衷过
也提心吊胆地孤独过

我想给你寂静的爱,不用太多
短暂就好,足够容纳彼此的悲哀
让留白去解释那些难辨的命运
我抱着你的目光,就抱着
我们爱过的所有人

今晚,居室亮着
灯光平静如我们的心绪
宁定的夜色将使睡息安全
让波涛的安眠曲摇荡在你枕上
海闪烁着釉光,星星聚集

即使这样短暂
时辰那么圆,为我们守候
以苦苦的支持,和宽容的耐性

外国爱情诗选

露易莎

[英]威廉·华兹华斯

秦立彦 译

我在树荫下遇到露易莎。
那可爱的姑娘,我见过她,
那么我何必顾忌,
如果我说她红润,健康,敏捷,
她能在岩石之间跳跃,
如同五月的小溪?

她的微笑在世上前所未有,
它们随着自己的一种节奏,
展开,落下,升起;
它们来来去去,变化无穷,
在最后消散的时候,它们

藏在了她眼睛里。

她爱炉火,爱她居住的农舍,
但是她愿意漫游于旷野,
在雨暴风狂的天气,
当她奋力前行,逆着风向,
啊,我愿意吻去她脸颊上
那闪光的山雨。

请将"月亮下"我的一切都拿尽,
如果我能与她同坐在古洞中,
度过半个正午,
或在一个生满苍苔的角落,
当她起身,沿着蜿蜒的小河,
去寻找那些瀑布。

爱得更多的一个

[英]奥登

王家新 译

仰望那些星辰,我很清楚
为了它们的眷顾,我可以走向地狱,
但在这冷漠的大地上
我们不得不对人或兽怀着恐惧。

我们如何指望群星为我们燃烧
带着那我们不能回报的激情?
如果爱不能相等,
让我成为爱得更多的一个。

我想我正是那些毫不在意的
星辰的爱慕者,
我不能,此刻看着它们,说
我整天都在思念一个人。

如果所有的星辰都消失或死去,
我得学会去看一个空洞的天空
并感受它那绝对黑暗的庄严,
尽管这得使我先适应一会儿。

当一切入睡

[法]雨果

飞 白译

当一切入睡,我常兴奋地独醒,
仰望繁星密布熠熠燃烧的穹顶,
我静坐着倾听夜声的和谐;
时辰的鼓翼没打断我的凝思,
我激动地注视这永恒的节日——
光辉灿烂的天空把夜赠给世界。

我总相信,在沉睡的世界中,
只有我的心为这千万颗太阳激动,
命运注定,只有我能对它们理解;
我,这个空幻、幽暗、无言的影像,
在夜之盛典中充当神秘之王,
天空专为我一人而张灯结彩!

我爱你

[法]弗朗西斯·雅姆

树　才 译

I

我爱你，但不知道渴望你什么。
昨天，我温柔洁净的大腿直颤抖，
因为奔跑时，我的胸脯碰到了你。

II

我呢，热血比轮子跑得还快，
直冲我的喉咙，感到你圆润的
胳膊透过裙子闪着光，像冬青叶。

I

我爱你，但不知道渴望你什么。
我想躺下睡觉，我沉沉入睡……
龙胆草在森林中是蓝黑色的。

II

我爱你。让我把你抱在怀里……
林中的树上，雨在太阳下闪光……
让我拥你入睡，你也睡我怀中。

I

我害怕。我爱你，我的头转动，

像旧长椅旁的蜂巢，蜜蜂嗡嗡嗡，
它们刚从葡萄树上采了蜜回来。

Ⅱ

天真热。麦田里满是红色的花儿。
躺在麦田里吧，把亲吻给我吧。
草地低处，有蓝蝇——你听？

Ⅰ

大地热乎乎的。那边有几只蝉
挨近开着孟加拉玫瑰的老墙，
趴在粗糙发白的悬铃木树皮上。

Ⅱ

真实是赤裸的，你也裸身吧。
你挺拔的身体下麦穗噼啪作响，
青春的爱情让它洁白无瑕。

Ⅰ

我不敢，但我渴望今夜是赤裸的……
但你会触到我，我对你感到害怕。
我全身都是洁白的，夜却是黑的。

Ⅱ

松鸦在林中叫，因为它们喜欢。
闪亮的天牛，拽紧了橡树。
喜欢远行的金色蜜蜂四散而去。

I

把我抱在你怀里吧。我只想爱,
我的身体在空气中发热,闪光,
我想抱紧你,像一棵树抱紧藤。

II

秋天的畜群走向金黄的树叶,
金鱼属于水,美属于女人,
身体走向身体,灵魂走向灵魂。

像这样细细地听

[俄]茨维塔耶娃

飞　白译

像这样细细地听,如河口
凝神倾听自己的源头。
像这样深深地嗅,嗅一朵
小花,直到知觉化为乌有。

像这样,在蔚蓝的空气里
溶进了无底的渴望。
像这样,在床单的蔚蓝里
孩子遥望记忆的远方。

像这样,莲花般的少年
默默体验血的温泉。

……就像这样,与爱情相恋
就像这样,落入深渊。

我想和你一起生活

[俄]茨维塔耶娃

汪剑钊 译

我想和你一起生活
在某个小镇,
共享无尽的黄昏
和绵绵不绝的钟声。

在这个小镇的旅店里——
古老时钟敲出的
微弱响声
像时间轻轻滴落。

有时候,在黄昏,自顶楼某个房间传来
笛声,
吹笛者倚着窗牖,
而窗口大朵郁金香。
此刻你若不爱我,我也不会在意。

在房间中央,一个磁砖砌成的炉子,
每一块磁砖上画着一幅画:
一颗心,一艘帆船,一朵玫瑰。

而自我们唯一的窗户张望,
雪,雪,雪。

你会躺成我喜欢的姿势:慵懒,
淡然,冷漠。
一两回点燃火柴的
刺耳声。

你香烟的火苗由旺转弱,
烟的末梢颤抖着,颤抖着
短小灰白的烟蒂——连灰烬
你都懒得弹落——
香烟遂飞舞进火中。

你的灵魂与我的灵魂是那样亲近

[俄]茨维塔耶娃

汪剑钊 译

你的灵魂与我的灵魂是那样亲近,
仿佛一人身上的左手和右手。

我们亲密地依偎,陶醉和温存,
仿佛是鸟儿的左翼与右翅。

可一旦刮起风暴——无底深渊
便横亘在左右两翼之间。

从童话到童话

[俄]茨维塔耶娃

汪剑钊 译

一切是你的：期盼着奇迹，
四月里整个的忧伤，
如此急切地向往天空的一切，——
可是，你不需要什么理性。
直到死亡来临，我仍然是
一个小女孩，哪怕只是你的小女孩。

亲爱的，在这个冬天的黄昏，
请像小男孩一般，和我在一起。
不要打断我的惊奇，像一个小男孩，
总是在可怕的奥秘中，让我依然
做个小女孩，哪怕已成为你的妻。

爱情

[俄]吉皮乌斯

汪剑钊 译

我的灵魂中没有"痛苦"的位置：
我的灵魂就是爱情。
她粉碎了一切希冀，

为的是让它们起死回生。
语言是开端，请等待语言，
它将向你们敞开。
已完善的—将重新完善的，
你们和它—是一个圆环。
最后的光一定会普照众生。
凭借着一个标志，
上路吧，痛哭与欢笑的人们，
大家都向它走去。
人间的解脱把我们带向它，
还有可能出现奇迹，
万物都在一起融合、同化——
天空与大地。

爱情

[俄]阿赫玛托娃

汪剑钊 译

时而像蛇那样蜷缩一团，
在心灵深处施展巫术；
时而整天像一只鸽子，
在白色的窗前咕咕絮语。
时而在晶莹的寒霜里闪光，
恰似昏睡的紫罗兰之梦……
可总是那么固执、那么诡秘地
挪走人的快乐、挪走安宁。

在小提琴忧伤的祈祷中,
能够如此甜蜜地痛哭,
但透过尚未熟悉的笑容,
将它猜破,真是太过恐怖。

我俩无力就此绝情地分手

[俄]阿赫玛托娃

汪剑钊 译

我俩无力就此绝情地分手——
依然肩并肩在路上徘徊,
天色已经开始昏黄,
你陷入沉思,我保持着沉默。

我们将会走进教堂,看见
唱诗班、受洗与婚礼,
但互不搭理,退了出来……
为什么我们不能如此办理?

或者,我俩也会来到墓地,
坐上踩实的积雪,一声轻叹,
你用木棍画出一座豪宅,
那是我俩永久的居所。

我把这些诗句献给

[俄] 茨维塔耶娃

刘文飞 译

我把这些诗句献给
把我放进棺材的人。
棺材里露出我可恨的
高耸的额头。

毫无必要地变了样,
自己的心灵也认不出,
我躺在棺材里面,
额头一圈花束。

在我的脸上读不出:
"我全听到!我全看见!
我在棺材里依然屈辱,
与众人相同。"

身着雪白的裙子,
我自小就讨厌的色彩!
我躺着,与谁作伴?
永远地告别。

你们听着!我不接受!
这是——陷阱!

埋进土里的不是我,
不是我。

我清楚!一切都会烧成灰!
坟墓也不会收留
我爱过的一切,
我生活的所有。

一见钟情

[波兰]辛波斯卡

胡　桑 译

他们两人都深信
一种突然的激情使他们结合在一起。
这样的信念是美丽的,
但犹疑不定更为美丽。

如果从未相遇,他们确信,
他们之间将什么也不会发生。
然而,从街道、楼梯、走廊传来的词语在说着什么?
也许,他们已无数次擦身而过?

我想问一问他们
是否已不再记得——
在某扇旋转门里
在瞬间,他们曾看见彼此的面容?

也许,在人群中,曾低声说"对不起"?
在电话里,不经意地说过"打错了"?——
然而,我知道答案。
是的,他们已忘却。

他们如此惊异,多年来,
机遇一直
摆弄着他们。

机遇还没有准备好
去成为他们的命运,
它将他们推近,又驱使他们分离,
它挡住他们的去路,
随后又闪到一边,
屏住了窃笑。

曾经有过一些迹象与征兆,
但他们未能解读。
也许是三年前,
或者就在上个星期二,
一片树叶
从一人的肩上飘至另一人的肩上。
一件东西掉了,又被捡起。
谁知道呢,也许是那只球,消失于
儿时的灌木丛?
门把上,门铃上,
一人先前的触痕被另一人的
覆盖。

他们寄存的箱子并排在一起。

有一个晚上,也许,他们做着相同的梦,

到了早上,却不再清晰。

每一个开端

仅仅是延续,总之,

事件之书

总是从中途开启。

金婚纪念日

[波兰]维斯拉瓦·辛波斯卡

胡 桑 译

他们一定有过不同之处,

水与火,相互远离,

在欲望中偷窃并赠予,

攻击彼此的差异。

紧紧抱住,那么久,

他们占用、剥夺彼此,

即使只有空气留在他们怀里,

透明,如闪电之后。

某一天,无须回答,他们就领会了彼此的问题。

某一夜,在黑暗中,他们透过

沉默的种类,猜测彼此的眼神。

性别消退，神秘溃散，

各种差异在雷同中遇见彼此。

一如所有的颜色在白色中变得一致。

这两人谁翻倍了，谁消失了？

谁以两种笑容微笑？

谁的声音形成了两种音质？

谁以两个脑袋点头，又是谁同意？

谁的手势将茶匙举向两人的唇边？

谁剥夺了另一个人的生命？

谁活着，谁已死去，

缠绕于某人的掌纹中？

他们凝视彼此的眼睛，逐渐成了孪生子。

熟稔是最完美的母亲——

不偏爱任何一个孩子，

几乎不能记住谁是谁。

在这个节日，他们的金婚纪念日，

他们一起看见，一只鸽子栖止于窗台。

春日祈祷

[美]弗罗斯特

曹明伦 译

啊，让我们欢乐在今日的花间，

别让我们的思绪飘得那么遥远,
别想未知的收获,让我们在此,
就在这一年中万物生长的时日。
啊,让我们欢乐在白色的果林,
让白天无可比拟,夜晚像精灵;
让我们快活在快活的蜜蜂群中,
蜂群正嗡嗡围绕着美丽的树丛。
啊,让我们快活在疾飞的鸟群,
蜂群之上的鸟鸣声忽然间可闻,
忽而用喙划破空气如流星坠下,
忽而静静地在半空如一树繁花。
因为这是爱,是世间唯一的爱,
是注定要由上帝使之神圣的爱,
上帝圣化此爱是为了他的宏愿,
但此爱此愿却需要我们来实现。

我的唇吻过谁的唇,在哪里

[美]埃德娜·圣文森特·米蕾

赵毅衡 译

我的唇吻过谁的唇,在哪里
为什么,我已忘记,谁的手臂
我枕着直到天明;但今夜雨水
满是鬼魂,敲打着窗子玻璃,

唉声叹气,倾听着我的回音,

我心中翻滚着安祥的痛苦
因为早已忘却的少年再也不
午夜里转身朝着我,喊我一声。

孤独的树站立在寒冬之中,
它不知是什么鸟一只只消失,
只知树枝比以前更加冷清:

我说不出什么爱情来了又去;
只知道夏季在我心中唱过
一阵子,现在只剩下一片寂静。

抒情曲

[美]庞德

赵毅衡 译

我的爱人是深藏的火焰
躲在水底
——我的爱人快乐而善良
我的爱人不容易找到
就像水底的火焰。
风的手指
迎着她的手指
送来一个轻微的
快速的敬礼。
我的爱人快乐

而且善良
但是不容易
遇见。
就像水底的火焰
不容易遇见。

祈求革命的爱情

[美]莱维托芙

赵毅衡 译

我祈求这样一种爱情：
女人不会要求男人抛开有意义的工作来跟着她。
男人不会要求女人抛开有意义的工作来跟着他。
双方都不把爱神捆起来，
双方都不会在爱神手中放根棍子。
我们相互的忠诚与我们对工作的忠诚
不会被置于莫须有的冲突中。
我们相爱使我们能爱对方的工作，
我们爱对方的工作使我们能相爱。
我们互相的爱，一旦需要，
也能让位给离别。给未知者。
一旦需要，我们能忍受离别，
而不会丢掉我们相互的爱。
也不会使我们向未知者关上门。

来自北方乡村的女孩

[美]鲍勃·迪伦

周公度 译

如果你旅行至北方乡村的集市,
那边界上的风常忽然来临而低回,
请代我向一个住在那儿的人问好。
她曾是我的挚爱。

如果你去时恰逢暴雪之季,
河流冰封,夏季早已远去,
请看看她是否穿着温暖的外套,
抵御那咆哮不止的冷风。

请替我看看她是否还留着一头长发,
是否依然美丽蜷曲,垂至她的胸前。
请替我看看她是否还留着一头长发,
那是我的记忆中她最美的样子。

我在她的印记中只是一个浪子。
漫长的时光中我曾时时祈祷,
在我的夜晚的黑暗之内,
在我的白昼的明亮之中。

如果你旅行至北方乡村的集市,
那边界上的风常忽然来临而低回,

请代我向一个住在那儿的人问好。
她曾是我的挚爱。

爱你

[土耳其] 希克梅特

李以亮 译

爱你，就像吃蘸盐的面包
像在夜里狂热地疾走
再将嘴唇凑近水龙头，
像打开没有标签的沉重包裹
焦急、愉快、小心
爱你，就像第一次
飞越大海，像薄暮
轻轻落在伊斯坦布尔。
爱你，就像说"我活着"

深藏，我的爱

[新西兰] 巴克斯特

张桃洲 译

深藏，我的爱，现在
听海峡里喧闹的浪涛声
瘦弱的树在黑暗笼罩的
大树枝重压下瑟瑟发抖：

你的身体应该藏得更深
在月亮和太阳都不知晓的地方；
心儿铺洒她鲜活的同情
放弃对骨头的支配权。

而在我的抚摸下忘记所有恐惧：
血管中永久的烦乱
让分钟变成小时，即使在痛苦中迟到
时钟伴着你的眼泪在计数。
雨摇晃着屋顶——我无法入眠
只是翻转那记得我
不能抑制的小溪的嫩叶——
直到你翻转并懂得了我。

草坪

[日]谷川俊太郎

田　原译

于是我不知何时
从某地奔来
意外地站在这块草坪上
我的脑细胞记忆着
所有该做的事情
因此我以个人的姿态
开始有关幸福的诉说

繁花盛开的荒野

[葡萄牙]弗洛贝拉·伊思班卡

姚　风 译

痛苦事物的悸动，这奇妙的诱惑
拍打着我的心扉……
燃成灰烬的石楠花长成玫瑰……
我抹去眼睛里的泪水……

渴盼！展开的翅膀！我身上
带着什么？我听见缄默的嘴
开始低语，告诉我神秘的话语，
像一个抚摸拨乱我的心弦！

焦躁的炙热把我侵袭，
我脱掉我的黑袍，我的裹尸布，
亲爱的，我不再是"相思修女"……

眼睛在爱情的狂喜中灼烧，
嘴唇有阳光、果实和蜜糖的味道：
我是未开垦的荒野，繁花盛开！

既然有了玫瑰

[葡萄牙]佩索阿

姚　风译

既然有了玫瑰,我反而不想要玫瑰了。

一朵也得不到的时候,我才想要玫瑰。

人人都可以采的玫瑰,

对我有什么用呢?

我不想要黑夜,除非晨曦

把黑夜融于金黄与蔚蓝。

灵魂不知晓的东西

才是我最想拥有的。

为了什么?……如果我知道为了什么,

我就不会写诗,告诉人们说:我还不知道答案。

我有一颗可怜而冰冷的灵魂……

唉,用怎样的施舍才能把它温暖?……

星夜

[芬兰]索德格朗

李　笠译

徒劳的痛苦,

徒劳的等待,

世界如同你的笑一样空虚。

星星在飘落——

冻冷、神圣的夜
爱情在梦中微笑，
爱情梦着永恒……
徒劳的害怕，徒劳的痛苦，
世界比虚无更小，
爱情的手深深滑入永恒的戒指。

致命运女神

[德]荷尔德林

岩　子译

就赐我一个夏，诸位强者！

和一个秋，教歌曲醇熟，
教我甘之如饴的心，满满甜蜜的
交响，尔后死去。

今生，未获取神圣权利
的灵魂，下界也不得安息；
倘使我来日得偿所愿，这
梦寐以求的神圣——诗歌，

欢迎你哦，幽灵世界的清寂！
吾心足矣，纵使没有琴瑶
陪我入土；一朝
生如神仙，别无他求永世。

死去的不是爱情

［西班牙］塞尔努达

赵振江 译

死去的不是爱情
而是我们自身。
在欲望中泯灭了
原有的纯真
在别的忘却中是对自己的忘却
纠缠在一起的树枝
为什么要活着既然总有一天要消失？

痛苦的幽灵
在远方，其他的人
他们失去了爱情
在坟墓间逗留
宛如梦中的记忆
他们紧握着另一种空虚。

在那里行走并呻吟
站着的死者和岩石后的生命
以无用的柔情
打击着软弱
抓挠着阴影。

死去的不是爱情。

莫辜负你金色的年华

[西班牙]贡戈拉

赵振江 译

为和你的秀发媲美

黄金徒劳地在太阳下闪光;

你洁白的前额用藐视的神态

将平原上美丽的百合观望;

你的樱唇惹人注目

胜过初绽的麝香石竹;

你潇洒的脖颈以轻蔑的表情

胜过光彩夺目的水晶;

请享受这秀发、樱唇、前额、脖颈,

莫辜负你金色的年华

那黄金、百合、麝香石竹、耀眼的水晶;

不仅它们会变成灰白或枯萎的香堇,

你也会和它们一起变成

黄土、烟云、尘埃、阴影、无形。

我爱你

[西班牙]路易斯·塞尔努达

赵振江 译

我爱你。

我曾用风对你说,像沙滩上的小动物在嬉戏或者像风暴的器官满腔怒火；

我曾用太阳对你说，它在一切纯贞的事物上微笑，将青春的躯体染成金色；

我曾用云彩对你说，它们是逃亡的忧伤，支撑着天空的忧郁的前额；

我曾用花草对你说，轻盈透明的生灵身披着突然绽开的鲜红；

我曾用水对你说，光辉的生命守护着影子的背景；

我曾用恐惧对你说，我曾用欢乐对你说，用厌烦，用可怕的语言对你说。

但是这样还不够：在生命的彼岸，我愿用死亡对你说；

在爱情的彼岸，我愿用忘却对你说。

情欲

[希腊]卡瓦菲斯

阿　九　译

正如夭折的美丽的身体
在泪水中封存于奢华的陵墓，
头下枕着玫瑰，脚边摆设着茉莉——
那些无法满足的情欲就是这样，
连一夜的欢情，一朝的明媚
都从未得到允许。

『爱在七夕·情定仙女湖』专栏

仙女湖

曹宇翔

湖心一朵云拥入另一朵怀抱
鱼群喋呷水花亲吻小岛花草之岸
在水天相接处,我们眼前
果真出现传说中下凡的仙女
云边传来她们咯咯笑声

七夕老街,七仙女传说之乡
凡尘与天上之间,一个古老神话
铺出隐约青草小路,通往
人世千年不变永恒属性的情感
农耕远方跳荡爱情不息篝火

一阵鸟鸣从翠绿山巅倾泻而下
人类啊依然用最原初方式
含情目光传递心中脉脉爱意
凤凰湾湖面响起一阵劳动号子
拉网青年像神话里人物

一湖爱情碧澈之水疗愈身心
古老的传说,荡漾的情怀
湖边一个在命运中久经跌打的人
试着用粗砺嗓音歌唱爱情
这时天边晚霞堆起金色稻谷

仙女湖

梁尔源

舒展的白云
是琼台落在湖中的心思
飞走的羽翼
仍托着前世的梦寐
偷藏的那缕轻盈
无法相拥和鸣的琴瑟
用波纹叙说的年轮
仍藏着千年凝眸的闪电
多少情恋的泪眼
淘洗了晶莹的明月
多少海枯石烂的表白
收藏着翡翠的时光
相思是一种比翼的涅槃
银河成了瞬间的黑洞
幻化的白羽
正试图用深蓝
编织那对镜中飞走的彩蝶

微雨游仙女湖

程 维

微雨燕双飞,多好

中国七夕·爱在仙女湖
千首爱情诗歌精选（第一辑）

天上的仙女是来自上界的燕子
到地面的来做窝，人间温暖
何况还有这么美的湖可洗澡
再好看的衣裙，也比不过仙女湖
干脆把它都扔一边去，人间的水
温柔如爱情，让人忘记了天堂

还有什么能比美更值得留恋
一个仙女来过之后便不忍挥别的地方
哪怕押上家资，也要来一回
我们不是无处可去
仙女也有家，但她仍然选择了这里
一片湖泊，它是仙女降临凡间的
栖息地，天上也许没有黑夜
但人间烟火、疼痛与欢喜
使活着更真实，神仙无界，时间没有尽期
人间就是喜疼哀乐，爱与分离
仙女湖，让我们都放下沉重的
肉身，重沐爱的洗礼

既然人神可以在这里相恋
又有什么能够阻挡万里相会
咫尺相思，人世多艰，不能辜负
来之不易的相遇，和湖水般多情的
眼神，微雨中的仙女湖是湿润的
湖水中掠过仙女的影子
我没有看错，湖水中的一条鱼
也是传奇，神话就在人间

仙女湖

林　珊

除了湖水，还是湖水
这 25 条辽阔的湖湾
这 50 平方公里的水域
这 100 余座葱茏的岛屿
初升的朝阳笼罩过它
和煦的晚风抚慰过它
湖水很静，湖水很美
我是那个走在湖水中央的人
那么多的湖水漫过来
那么多的凤头鸊鷉游过来
暮晚来临之前
我该如何动用这清恍的抒情
去赞美它
"深秋之美多么甘甜
一轮朗月即将跃过波光粼粼的湖面。"

仙女从天降，风吹波浪起

戴有山

仙女湖，我们来了，
为找寻梦中的仙女，
其实为了寻找爱情的真谛。

中国七夕·爱在仙女湖
千首爱情诗歌精选（第一辑）

干宝的故事，
把我们带入了昔日的神话里。
仙女从天降，
落在美丽的湖泊，
从此，世间有了仙女湖。

千百年来，
仙女湖演绎着人仙之间凄美的爱情，
平淡之中生出一些浪漫，
丝丝点点的浪漫累积成厚重的情感。
明月高悬的夜晚响起了仙女的玉笙之音，
美丽的衣裳从肌肤如雪的身体上滑落在湖畔，
华美精巧的湖边楼阁被五彩云霞托起，
体态轻盈柔美的仙女在湖面上款款而舞。

青石板被风流倜傥的足音叩响，
婉转的箫声从指尖流淌出爱的心绪，
笙箫和鸣互相倾诉倾慕之情。
惊艳着
翩然起舞的鸿雁，
婉约若游的蛟龙，
还有林中绽放着美丽羽毛的孔雀，
容光焕发的菊花，
体态丰茂的青松……
百花为之盛开，
彩云为之灿烂，
一生的修行，
为今晚的相逢而惊艳。

仙女湖，我要走了

不是因为错过了爱情，

而是爱的真谛过于沉重。

穿越千年的神话，

感受着，

风吹起波澜的鸿孤，

仙女不忍摇醒梦中的情人，

寒宫清冷的寂寞，

忍受着夜深的清凉，

从此，一年只有一天才会响起那熟悉的笙箫和鸣。

仙女从天降，

风吹波浪起。

也许，

仙女湖里从来就没有来过仙女，

来时，

带着许许憧憬，

住下，

把一切交给了仙女湖的"小仙女（仙女湖管家）"，

聆听，

仙女湖里爱情的点点滴滴，

走时，

带回了更多的憧憬，

再来，

携一位仙女同行。

爱情，

滋润过每一颗年轻的心。

赞仙女湖两首

陈宝忠

（一）

华夏文明五千年，
博大精深颂祖先。
礼乐情爱花怒放，
撒满大地暖心田。

牛郎织女并蒂莲，
七妹为爱降人间。
仙女湖名缘由此，
新余发展谱新篇！

（二）

人说天堂无限好，
七妹偏向人间跑。
寻找佳境仙女湖，
定居新余为城堡。

湖畔人们眼界高，
织女为友呈自豪。
弘扬精典传文化，
八载打造换新貌！

再游仙女湖

蓝 野

湖光伴岭行,
云气和泉声。
鱼散水波动,
莺啼柳荫明。
有兴更放橹,
无意又逢晴。
渔户藏烧酒,
诗家好会盟。

低音曲:湖边,灰喜鹊在飞

阿 华

(一)

春风路没有见过春风
燕尾洲也没飞过燕子

仙女湖边,我眼眶里的潮润
是心底向上奔涌的泉水

"有些人已经走远,有些话
仍是万箭穿心"

春天一分两半，欢喜升腾
悲伤下行

有人手捧烛火，等夜色靠岸
再送清风回家

——远处，草木骊歌四起
灰喜鹊在飞

（二）

在仙女湖，我们找到了销蚀
烟火的秘方
也找到了解惑尘世的答案

但这世间的药铺，并没有
治愈阴郁的良方

"花落归流水，雁去如悲风"

一曲高绝的琴音，撞击了
一个人的千山
又绕过了一个人的万水

晚霞泛滥的傍晚，每棵积雪草
都在寻找通往地心的泉水

——世间的爱，只有在分别时
才知道深和浅

　　　　　（三）
月亮，在山顶上
瓢虫在草叶上

蜻蜓和蝴蝶好久不见
再见，仍然是当年的模样

有人看见钱线莲，蜷曲的部分
像是谁的睫毛弯弯

有人看见小松鼠，就把果子
放在树下，并祝它开心

"……我们相遇在秋天，而秋天
从未结束"

芒草和野花的歌啊，还像从前一样
飘满白云生长的山坡

　　　　　（四）
……落叶，覆盖着小小的果实

我们辨认着，哪颗来自栎树
哪颗是橡果
还有哪些来自三角枫，或是复叶槭

苍耳的果实很特别，它有带钩的
细刺，也有温暖的爱意

紫薇的果实，在成熟后开裂
种子长出了翅膀
它飞过体内的群山，大海一样荡漾

仙女湖边，大树筛漏着星光
虫鸣催眠着熏衣草

一只不知名的鸟雀，身着彩羽
踱着步子
像故人一样，徘徊在我们身边

（五）

有时我们争论不休，仅仅是为了证明
波浪也是易碎品

有时我们什么也不说，只在湖边坐着
看云团变幻
像是台风写给天空的密码

"丁达尔效应出现时，光便有了形状
你出现时，心动就有了定义"

……再没有这样的时光了
再也没有了

傍晚的风将船推远，鸥鸟振翅
拍打着水面
又消逝在暮色里

——我在黑暗里，抱紧了自己

（六）

散漫的秋虫声，氤氲着黄昏里
每一道清浅的光线

披上迷彩的树木，在雨后
将清香放大了数倍
松树塔状的花序，也渐渐长成了果实

最爱绣线菊，沉醉于舒展本身
却从不照镜子端详自己

仙女湖边，轻轻的薄凉打湿
黄昏时候的烟岚
琳琅的花影下，有人说再见

"你说的再见，是哪一种再见"

眼前有蜜蜂飞过，像谁留下的一只
轰鸣的小飞机

雅音
谢健健

石青色的短笛，积满储藏柜

经年累月的木屑尘灰。

擦拭呜咽的孔洞,想起每股气流
怎样庇护过我们潮湿的内心。

红绳愈发纤细,悬挂不住过往。
薄透的支点,诠释藕断丝连。

我们曾轻易地信服爱神,
像获得某种启示吹奏花事。

作为祭祀的雅音,在共鸣中
互换你我隐匿的少年心思。

另一只短笛如何,是否
已走向被遗忘的黄昏。你也会如我

这般吗?取出玉制躯壳,为了回忆,
将它轻轻敲击,"叮,叮,叮——"

冬之篇:回旋曲

田 勇

(一)

立冬的奏折,是在寒流的督导下完成的
仙女湖胸有成竹,我们像一对土拨鼠

早已存储下我们爱情过冬的口粮
白茫茫的一片，白茫茫的虚无
如果晨雾，加重了迷途
那么我们只有泊于我们宏大的脉搏的港口
等待出海的导航，指引我们航行的方向
你说，我们是一对水命人
与仙女湖同频共振
我们是一对黑颈天鹅，游弋在寒凉的湖水里
但我们的心跳迸出的暖流，却消融了绝望

（二）

这是幸福的时刻，大雪，笼罩了仙女湖
这是一年中盛大的典礼，每一寸天地
都伸出手指，在白色的琴键上弹奏欢乐颂
一只野鸭，在用双翅，划出优美的弧线
湛蓝的天空，像掏空后倒置的一座矿山
空旷得绝美。昌山庙，银装素裹
那些庙里的菩萨，在钟声里给万物加持
我看见一道佛光，从你的眉间升起
仙女湖，抖落了身披的袈裟，银色的鳞片

（三）

西伯利亚的寒流，再次势不可挡
大寒的刀锋，划破了万物的铠甲
我听见鸣禽苑瑟瑟发抖的鸟鸣
在树顶的鸟巢抱团取暖
而一轮红日，从妊娠的天际线蓬勃跃出
它点燃的火焰纯净而热烈，深沉而迷人

我们走进仙女湖的腹地
像走进了乡愁的洼地
一切都是我们预设的场景,我们的爱
是莽苍苍的芦苇荡,一眼望不到尽头

雪是雨的羽毛

黑小白

我该怎么爱你,在这荒凉的尘世
天空的泪水落到大地上时
没有一把伞能遮住草木的悲凉
孤独像一片叶子的枯黄微不足道
更多的伤痛来自于云层

我愿秋天的万物浸透阳光
我愿你在思念里笑成鲜花的模样
若是还有细雨落在七夕这天
请允许我将你种下的一万颗星星
送给仰望夜空的人们

余下的黑,等一场雪落在仙女湖上吧
那些白色的羽毛,将拂去每一滴眼泪
你祝福过的山川和田野
正在向我轻声诉说
刚刚过去的秋天,我们是多么相爱

水在风暴中漂流,我在爱你中凋零

张伟锋

终结的句号由你画出,爱情的潜能
在你的身上消耗殆尽。水在风暴中漂流
我在爱你中凋零

那些年,我们生活在人群里
生活在被世俗挤压的空间里。即便毫无希望
即便绝望纵横,我们依旧相爱

私密的爱情,是一座不可再生的矿藏
在秋天的落日之前,我曾在书中得到这样的启示
我把这个悲凉的句子亲口告诉你
你当时仿佛并不在乎这种黑暗的结局

世上千万年,所有的人们都在爱与恨中纠葛
都在舍与不舍中进入炼狱和洒脱。亲爱的
我们的相爱是刻骨铭心的,告别也是撕心裂肺的
亲爱的,我将由此走向枯萎,但祈愿你遇见春天

爱情诗廊检索

朱永富

那么多词在一起,那么多句子和语法

在一起,那么多排着队的心跳

和表白在一起。从青涩的暗恋中、甜蜜的初恋中、

幸福的深恋中,拥挤出来。直到成为一杯相濡以沫的

白开;那同甘共苦,同舟共济;精诚所至,金石为开。

我仿佛翻阅了一部爱情的词源,路遇众生之爱。

当每首诗都成为一段爱情的索引,美丽的词,

就有了圣洁而高贵的光环。

在一个古老的地方举霓虹的酒杯,

饮下的不止是甜蜜还有忧伤,我们仿佛就走进了

爱情的演绎和神话。

关键是,我们还有足够的时间相爱,直到变成诗。

我们相爱时,万物如此完美

徐 俊

请允许我把你的名字写进湖水的册页里

这是你给我的恩典

这恩典,不是为了胡乱涂改湖面上星罗棋布的岛屿

而是使舞龙湖和铃阳湖多出千双眼睛

使钟山峡更接近阳光

使爱情岛和桃花岛永不凋谢

看,我们相爱时,万物如此完美

一只鸟,落在爱情里(节选)

于小尘

(六)

仙女湖。苍穹。我。爱情
尘世有一颗悲悯之心,把来自人间的爱还给人间
把来自天空的呼唤,还给天空

裂帛之痛,昨日在湖心长成一朵云彩
仙女与那凡人一年只能见一次
我的回忆与之同在,我的身心:"一生只够爱一个人"

月亮也越升越圆,不让一个夜晚失去幻想
但让一朵云彩或者一片空白
在别离引发的思考里沉淀成连绵的山

爱情的词根,在湖水碧绿的波纹里一节节生长
假如回望过去,留在骨头里的锈迹
仍是戏里生死茫茫的思量

(七)

爱情在刀锋上跳舞。嗜血。嘶吼
我把伤口藏在湖底,就像一坛被瑶池洗透的月光
孕育无伤之殇

湖面上跳跃的,闪亮的动词

反复唤醒枯木的春天。我的血在这一刻盛开
而一枚草叶，只需要很少的颜色就能重建一座庙宇

我爱的人，在一朵野花，将开未开的修辞里
取出名字里的峭壁
我和仙女湖因此有了相同的血脉

盛装抵达的年代。我先是听到钟声，然后看到
一只鸟，落在爱情里
——就像湖水在我的身体里，画出的，深邃无垠的回声

仙女湖：每一滴湖水为爱溯源

郑安江

在混沌、苍茫的俗世中迷失的我们
心中那仙姿翩翩的爱，渐渐落满积垢
于是，当一滴湖水在我们心底
把一朵灯火点亮。我们重新鲜嫩起来的情感
犹如一滴湖水本身那样纯净

遍布草木和石头的这方家园，很适合我们
像一对私奔的情人，甘于离群索居
用蛙声打磨锈迹重重的夜色
用一钵波光的碎银，去兑换
一场虚妄之梦的诱惑

不能等到岁月的大雪，褪尽了生命的色彩
彼此再去说爱
不能等到湖水泛动的全是惋叹，我们才懂得
枯萎的爱情该有多么弥足珍贵
既然以两滴湖水的相融爱了，就注定要把
骨头里的盐，心田上的雪，一起馈赠给对方

然后，我们与湖边的草木为邻，石头为伍
舀一瓢月光
烹繁星喂养内心的情感
在辽阔的寂静中，用老树的年轮
缝补日渐褴褛的往事
我们偶尔抬头注视对方的眼睛
从中看到年少轻狂的自己，正骑着一匹白马
翻过命运的山岗，从风雨深处驰骋而来

在仙女湖，我们弯腰把自己清洗一遍
就目睹容颜的映像苍老那么一点
而每一滴湖水，都将引导我们
对爱进行溯源。我们携手回到
古朴、自然的原乡

声 音

夏 栋

很多年了，日渐喧嚣的生活

似乎，已经让我们失去了拟声的乐趣

但以前的彼此间的问候
我都存放在了一叠旧纸上。我想
学宋应星，也隐居在这里的湖心岛
好将你的声音，慢慢整理成一本著作
我知道你的声音，和纸张里的纤维一样
有植物的天然属性
例如我们偶尔的长谈，葱郁得如同
凤凰山上的原生态森林，是对自由光线
不设防的保护区

还有你的嗔怨，就像桃花岛上
新墨皴染后，能力透纸背的桃枝
即使，是几句语焉不详
也像这浩瀚湖水中，绝不会
再沉陷在湖面之下的九十九座岛屿

如果，这些白纸会发黄和枯干
那么，最好的方式，是将你的声音
保存成仙女湖上，一行行掠过长空的鹭鸣
或湖面一缕缕带着潮湿口音的风
你全部的声音，都会被我存储在
湖水巧夺天工的密纹唱片上，日夜重复播放
但永远不会磨损失真

十行

霜 白

这样的爱还能持续多久？
你的体温将在我松开的手中渐冷。

即便身处火焰的中心，
我也早在学习灰烬。

我们有着死和生的本能，
我们有着淡忘的本能。

太美好热烈的事物总是令人担忧——
我不是那种一心一意的人。

长久伴随着的只是一个标本，若干纪念，
也许这才是爱的本质。一个生之寓言。

仙湖问天，问爱情的真言

程东斌

一仙女，一颗星。于湖边列阵
列成一把钥匙，能打开人间的每一把心锁
心锁一开，心房就住进了爱人

列成一把勺子，与北斗七星打造的那把
一模一样。从七星中取路的人
将爱情这孤独的物种
养在三寸灵台上，并手握
盛满琼浆与星光的勺子，对其喂养一生

白天，仙女隐入雕塑，问心
能听出心率的人，就能破译一面湖的秘语
仙女将湖养在瞳孔里
凡人将湖养在心谷间。两面湖，在新余
被七夕月，熔铸，磨成明镜

夜晚，仙女化作道道光束
射向苍穹。剥啄或叩问间，星空发生了
细小的位移。光束抵达天河
那座鹊桥就多一根立柱。点到月亮的心扉
月光的纸张就多一首情诗

问天的光束，像一条条直立的河流
问天河的舆情，问有情人的断肠
一边问，一边带去仙女湖的颗颗音符
一颗星，一音符
穷尽人间的爱情乐章，或绝唱

会仙岛，套用爱情的格式

苏美晴

我站在《田中毛衣女》全文下，灵韵被雕铸
用精准的坐标简体了那些爱的繁琐
会仙台是人间的宫殿，琼楼装扮着爱情，回眸相遇一笑
正好一群白鹭，铺天盖地崭露头角
它们是会飞的爱情，与会仙岛高度结合
像是仙女散落的羽毛，截取目光里灵羽的飞翔
波光也被雕铸，情感的波涛在这里囤积
亭台楼阁刚好是凝固的修辞
一边映衬着仙女湖，一边为爱全部呈现
我劝慰那些游人如织的归途，用白鹭点到为止
在爱情的词典里诠释，在心尖动用了急促的呼吸
都攒在目光里。为湖光山色行动
为那邂逅的少年，才读到《田中毛衣女》的上半部
一直等着结局，等鬓角的花朵萎缩了芳香
被仙女湖重新定义在星罗棋布中，交错飞过的鹭鸟，被反复观赏
传说依旧，用尽爱情的词光
被雕铸之声，隐秘在林茂竹修中，为山水化妆
一首爱情诗的格式沾染水字旁，就会三生三世，永生永世
在湿漉漉里，宠幸发芽
字在碑铭上，被目光揉搓后，被悲喜流放
还给一棵草，一道涟漪，陈旧的沉默
还给水生的词根，又构成植物的连词
就好像是把我与仙女湖连在一起，去会仙岛等心爱的人

先用幽、秀、奇、雄，再用爱情，一一辨认人间的表情
用仙女湖停留波纹。是情感的波纹，一下击中我
无法摆脱山水的命运，以及微笑的灵魂敏感的预知
这，山水盛大里的遥寄
也想刻在石头上，去置换一对白鹭的翅膀
刹那间，时间钝色了阅读
那场不朽的相遇，心如白鹭般徘徊

（注：会仙岛又叫白鹭岛）

仙女湖晚霞

张智学

两个人对视，彼此缄默
就这样坐了很久。梨花开了，樱花开了
夕阳慢慢沉下去
和他们一样。大地一言不吭

都在等待，等黑暗中的第一句话
那就拖着吧。两个人偷偷地瞥看身边
又装作若无其事地
数天上的星星

"你——"
"你——"
两个人同时说出一句话
春风微微吹过，有些寒冷

他们望见远方的轮船变成笑脸
船上的灯火摇晃着。愈发耀眼
像，飞向远方的孔明灯，彼此靠近的一颗心
扑通扑通

爱情的起点

夏蔚蓝

我抓紧的，常常只是生活的一角
但我从未后悔过
仙女湖粼粼的水波在我的
瞳孔里荡漾着
似乎每一个走近这里的人，都会成为我
生命的一角

群山以我为原点，画出
爱情的螺旋图景
生活的循环每一次向上攀升
都会与围绕仙女湖的山峦，轻轻碰触
如同黎明的微光与一颗种子碰触
萌发低吟浅唱的尘世

我像一只棉蚜虫，抓紧了身边的季节
走近那个凝望我的生命
让我们彼此依存的，是信念
也是从各自身体里抽出的流水

"爱在七夕·情定仙女湖"专栏

故乡的骨血。而一朵在湖水边开放的野花,哪怕
只有很浅的颜色
也能写出一个人一生里
最美的爱情

爱的鸣奏

英 伦

飞了那么久,终于在人间找到仙境
一片干净的水里,遇到更干净的爱情
此处不落,萌动的春心何以言说
以前和以后的飞翔,都是多余

水桶跳下深井,并非只为灌满自己
流萤扑火,也不只为呈现瞬间的崇高之美
你低下头颅,却只为抵近新余温暖的胸口
犹如锦漆在瑟上,彼此独宠

不再倚持金盆洗手银盆濯足的命相
甘愿安贫若素,雪篷云棹
锦瑟五十弦,弦弦奏出的都是
一日三餐平实饱满的日子

一百多个岛屿像一群小豹子
在仙女湖的琴键上追逐跳跃
从低音区到高音区,干燥到潮湿,岸边到沙洲

像巡视边界，留下音节的气味：
这七夕最初的领地，自古就是我的

这无疑让仙女湖共鸣箱里的流水
在天空多流了一会儿
让站在岸边的我，有了片刻恍惚——
一块云彩正在赶来，驮着足够淋湿头发的雨水
岸边正午的林子像一块巨大的绿毯
紧紧包裹着仙女湖
将落雨
"我们赶快尽情地爱吧！"她说
"至少要比湖水荡漾，比天空辽阔"

仙女湖，这人间的情话牵手走过（节选）

纳兰若哥

（四）

阿春，你说在龙王岛
耕三亩水田，种稻子，养鱼，煮饭
学月亮生一大堆星星娃娃

再把茅舍修好
柴门虚掩也罢
你说，只要听到细软的浪花
误认是我的鼾声那样也好

我们在春天和仲夏之间
煮茶，写诗
在浪漫与现实之中
拥抱，飞翔，举高高

简约，简单，不需要
太多世俗的修辞敲门而入
让仙女湖土著的粮食奶大
你我浪漫的梦

（五）

亲爱的，你说等黄昏的时候
陪我一起散步

万年桥上。其实，湖风温柔与否
满天繁星哪一颗最亮已经无关紧要

七夕，月亮最嫩的九点
我们就坐在北岸

小树林，变暗的水
身边为数不多的静物营造
一个花好月圆的轮廓

还好，秋虫，蛙鸣
躲进蒲苇荡的野鸭满眼都是月光

细风吹薄一片叶子的意象

吹薄河水迟疑的浪花

吹薄一个夏天的疑问

仙女湖,为爱荡漾(节选)
王志彦

(五)

在仙女湖放一把琴

就有透明的思念沿着水雾袅袅上升

那些嫩芽般的琴声

从浩大的月光中剥离下来

良善、纯真

带着爱的晶莹,决绝而闪耀

仿若世间有限的爱

在湖水中扎下茂密的根系

(六)

当花蕊鼓动

春天被牛羊拖进青草深处

当落叶恍惚

空荡给了时光足够的颤栗

当爱情装满烟火

仍有澄澈的仙女湖让我们辜负

爱人啊，万物各成其美

那满天星斗多像我们絮絮叨叨的情话

在仙女湖养一群岛，等你（节选）

何艺勇

（九）

桃花岛上，折羽的小草已确认

我们有沉重的身躯。幽静的小路

已确认，我们有轻盈的步履

清澈的湖泊已确认，我们情深似海

漫漫长夜也已确认，我们的爱

能像大红双喜样持久地焕发红光

处处是人面桃花，处处更是流水桃花

每一颗石头都是我等你的心

照亮了树上辽阔无垠的花香

（十）

在仙女湖养一群岛，等你。风一吹

摇着一条条俏皮又温顺的尾巴

爱盈溢。心如倒影,拒绝被流水冲走
摇摇晃晃地苦练倒立神功
在时光的汹涌与幽深中等你!等你!

岛啊!浸泡在波光粼粼中无法自拔
——令人窒息的相思,漫过
我的双脚、肚子、胸膛、脖子……

我抬头,满眼尽是洁白和蔚蓝

仙女湖,水做的情书(节选)

林国鹏

(一)

在仙女湖,时间是动态的
情书是水做的。船行缓缓
浆橹轻摇,一艘载满长歌与短吟的游船
在水中构思着慢节奏的写意
平仄有律的波纹,在水面之上
催生了旷远辽阔的水雾与思愁
星罗棋布的岛屿、峡谷、古城
或平铺,或竖铺,或曲折相交
以并提,以映衬,以重章叠句的手法
将《搜神记》反复渲染与咏赞
一个良辰美景,湖水带着恰到好处的温暖

泼墨着婉约的爱情主旨

当我们说到毛衣女下凡

鱼群跃出了水面,用小小的身体

甩出了相濡以沫的丝丝涟漪

在梦幻般的桃花岛,千手树根如无数根光做的长线

牵着破壳而出的弯月,风一吹

靠着一点拉力,仿佛将一个古老的爱情

往更深的意境,再挪移一寸

(五)

是谁从空中走过,把镜子一样的月亮踢碎

又是谁捡起了,撒入人间的月光碎片

亲自把仙女湖糊了起来

是啊,在古色古香,钟灵毓秀的新余

有太多让人迷恋与感动的细节出现

此刻的渔夫在仙女湖撒着网,情语被一页页地捕捞起来

春暖花开之际,画纸上的爱情岛、龙王岛

在起伏的波光里,析出了气蒸云梦泽,鱼翔浅底的意境

徒步走在上面,身处逆境,荣辱不惊

不数水面的波纹,不计时间的流速

我的语言自然地流淌着,慢慢拥有了足够的

宽度与高度,可供万亩意蕴与美感筑巢

方便日月星辰,点缀其间

是啊,仙女湖自身就是一部爱的咏叹,深浅不一的情感

不断外涌,经过碰撞的韵脚变得潮湿

娇羞的游船女子,是其中灵光一闪的片段

坐在水草叶尖上的露水,澄明无比

十分接近我手中透明的字粒

被用进诗词的仙女湖,俨似一幅天然山水画

所有的美都在这里聚集,仿佛找到了爱的容器

爱情岛

江锦灵

世上当真有一座岛,叫爱情?!

都在抒写爱。只有仙女湖,以爱情命名。

三个大字,绯红,如同一汪赤心,在凝固中沸腾。驻立湖堤,面对粼粼湖水、来往舟楫、天边浮云,以及世俗过客,不移位、不减色。

上绣楼,坐红帐。

绣楼静,红帐无人。且与一件礼服合影,虚设一段姻缘。

自古多少女子,居绣楼,对镜理红妆,倚窗前,凭栏远眺,千帆过尽,君郎仍不见。

毛衣女,果敢,慕鸳鸯不羡仙,为缔造一场天人合一的姻缘,为成全后世佳话。

虚度,原本是一个令人鄙夷的词。在情爱广场,虚度半晌时光,有关仙女的传说,亦在我的内心虚度了198平方公里的景致。

女子都想成为仙女,男子都想携仙女为眷侣。愿望,在虚度一段绮丽的梦。

辗转脚踏实地的生活,期待仰望星空的爱情。这就是人类。只有传说,能让现实和理想握手言和。

仙女湖铭记了那一次天与地的会晤,把最核心的信息,备案在爱情岛。

南来北往的过客,只需意会爱情的本真,偶尔,想念一段传说。

莫再问,世间情为何物。

仙女湖，给出最含情脉脉又直截了当的答卷。

仙女湖之恋

成小耳

仙女湖孕育出人世间最美的姻缘
九十九座岛屿在湖中
爱得自由自在，钟山峡不离不弃
有两看相不厌的幸福
有情人都愿意来仙女雕塑前拜一拜
从此梁祝再也不会走散

曲径通幽的胡叉港湾
最适合约会，成群结队的鸥鸟
每天都举办一次水上婚礼
连隔水相望的石头，也动了凡心
有些爱不必说出来
作为内部参考，白云顺从倒影之美
在湖心，一朵暗恋着另一朵

湖水不枯不溢，洗着人间的炊烟
顺便给鸟鸣续费
允许流泉私奔，鼓励草木相恋
有昌山庙见证
周围的芦苇，树木，村庄，婴儿的叫声
都是仙女湖一手带大的

我喜欢爱情岛的旧风物

龚 杰

岛上有教堂、欧陆风情街
一对新人正在拍婚纱照
而我,一个人
只有湖面倒映着我

桥上的同心锁,打开了锈迹斑斑的我
大花轿抬着我,姻缘井洗涤着我
诗行,像绣球一样砸中了我
但我知道,你看不懂

我还是喜欢传统的风物
比如,毛笔,绣袍,手帕
倘若你能来一趟
爱情岛会告诉你
姻缘井与游泳池的区别

仙女湖,像极了爱情

郭 涛

幽岚覆盖山水,绿风入木三分。
枯叶蝶,将一春的兰树赶进湖里。

雨滴转过四月，青苔慌乱
皲裂的石头塞满动荡的清波。

在湖的阴翳里，草木低于苍鹭。
芭蕉心如止水，闲雨敲落棋子。

一滴水，从天上掉下来
摔成多少瓣，才算是奋不顾身？

灯花还在挑动沉默的船弦
一朵莲，在安静的爱情岛遇水而生。

多少年，一株燕麦在烟雨里不断奔跑
落寞的喘息，与一只翠鸟撞个满怀。

仙女湖，写给爱人的片断（节选）

陈 岗

（一）

今夜传说羽化在月亮的手心
月亮在湖的手心
湖在城市的手心
城市在你的手心
你在我的手心亲爱的
我要借抱石先生的画笔
轻描我们如此多娇的江山与爱情

(二)

你是我一生的理想和远方万年桥

是我晋京与朝圣的路白鹭

是我的书童

青春的寒窗只为一次赶考

陪伴你就是我最大的

金榜题名和衣锦还乡

九十九个岛屿是我的经史子集

五十里水域流淌我四面的锦绣文章

我需要你在爱情岛上的钦点

诏告那些黄的雏菊红的杜鹃青的松针黛的山峦

你是我的娘子我是你的官人

最好册封邻近的小岛让我成为

名人就是三月

打开万朵桃花耳朵

十月让全部蜜橘睁开双眼

每个清晨第一个唤醒你名字的人

七夕，仙女湖：爱情的幻想

温勇智

装满月光的盒子。爱、恨、情、仇

都是为一个人准备的，招魂的幡

在昔日的时光里慢慢地晃

风一吹，想象的孤灯飘浮在空中、水中

比你给我的皇冠，更有一种闪烁重生之美

岩石，树叶，风声，水声，恍若是你
好美的水草，我看到自己的影子
走不出你琥珀色的眼睛
——我仰望的星辰，应该就是你的眼眸

细微的事物仍旧细微
任何一滴水，都值得荣耀
质感，明亮，汹涌，扣人心弦
期间我梦见你像游鱼一样飘忽不定
你朝我的身体里渗进无数的动词和形容词
这个七夕，爱情无罪
星星在泪水的一次次叨扰中
把自己种进了仙女湖，长成湖水的模样
那只被相思宠坏了的蝴蝶，在鱼儿的眼睛深处

请允许词语的僭越，在仙女湖
忽略风和雨，忽略霜和雪，忽略雷和电
让爱情分蘖，抽展。绿油油的目光
怀揣整整一湖的浪漫，晕眩、滚沸
不停地回旋，不停地推挤月白
在此唤起天地间那些远去了的心跳和呼吸
珠玑般的真言，对接于纸上溢出来的情话

此刻，七夕携着爱情在仙女湖翩然
这是你的眼，你的唇，你的耳垂和舌头，你的乳房和肚脐
握得住桨的人，一定能划开月光的秘密
向水而生，传说的月河，也是我今生的唯一性
"遇见你，我是幸运的……"

仙女湖

张玉婷

有一种面容,叫撩人的鲜亮,
有一种身段,叫肌肤如雪,
有一种姿态,叫可以停止衰老,
有一种绮梦,叫仙女湖
——湖是全世界的湖,仙是你的。

月色

罗燕廷

今夜,是什么让一个湖
一再恍惚?在恍惚中
紧抱一轮明月——
像柔软的胸脯,紧抱白璧
是的,如果可以
我多么愿意做那一枚冥顽的玉石
任由你翻来,覆去
仔细端详:花完一整个夜晚
还要在油灯下耗尽你的三千青丝
亲,你可知道
其中的瑕疵,是我欲言又止的羞涩
——我有太多斑驳的心事

和不为人知的秘密
那么,就让一轮明月来替我们
大白于天下吧

在桃花岛,种一棵树

姜莞莞

不要拘泥于夏天,桃花已经落下
化作了温暖的肥料,滋养着树木的根茎
可以遥想,桃花烂漫的春天
蝴蝶在花丛间飞舞,蜜蜂采蜜
留在了人间的甜美,弥漫着
小岛,小岛也是幸福的

不要说,错过了春天,爱情
在心灵最柔软的地方,不曾离开
就像我们追寻幸福的脚步,在爱情的隧道里
永远不会停下来,哪怕片刻的迟疑
眨眼之间的喘息,都不会落下

如果,还有什么遗憾,就在岛上
种植一棵树,用仙女湖的水来浇灌
用我们最朴实的爱情,去滋养
让它发芽、开花
结出的果实,有桃花的味道

捕捉生命里的美丽和邂逅，我们
定然能够看到，一双幸福的伉俪
在我们的树下，自由地奔跑，欢笑
挂在他们脸上，像极了春天的桃花

江口电厂艺术区：
仿佛只有古朴的回忆才能让爱情永生

曹　兵

在山光水色中，江口电厂区区六十年的历史
可以不提，仿佛时光的印记还没有凝固成形
红砖，黑木门
上世纪被固定在一面墙上

写诗的我停下手中笔，你停下走动的步子
发电厂不再发电，废弃物不再废弃
我们同时打上问号，爱情的秘密就要暴露

在电厂和艺术区发生联系，无疑是文艺人和牧羊者的偶遇
再生的新生事物焕发出青春的光芒
提示着深陷爱河的我们，情永不过期

情侣们拥抱着艺术，我们想象着爱情的周期
一种另类的暗示，在明示寻找爱情的我们
红砖以笨拙者的身份，恢复艺术的本质
黑色的木门，像是在平庸的生活中

加入的一点现代的血液，电厂艺术区
便散发出文艺的光芒

谁不是人世的笨拙者，抽象的艺术区
真的在展示艺术吗？更像是在展示复活之术
那为笨拙者留下的爱情窄门，只开了一点点缝隙
爱如潮水般，涌了进来

仿佛每一个身陷爱河的人，包括我和你
都会在电厂艺术区
拥抱爱情，用诗歌，用绘画，用摄影
用一切为人世所包容的艺术形式……

后记
爱情,固然神圣而美好

自古以来,爱情是我们一直所向往和追求的期许。

人们谈论起爱情,从先秦时期的《诗经》的"关关雎鸠,在河之洲",唐代白居易的"在天愿作比翼鸟,在地愿为连理枝"的神仙眷侣;宋代柳永的"衣带渐宽终不悔,为伊消得人憔悴"的矢志不渝;清代纳兰性德的"一生一代一双人,争教两处销魂"的相守相依;再到现代诗人徐志摩的《偶然》,不难看出,中国几千年的文化发展中,几乎每一个时代人们心中都有理想的爱情追求。诗歌中的爱情,拨动人细腻的内心,而现实中的爱情,或圆满,或缺憾,但在人生旅途上,无不令人神往和百转千回。

《中国七夕·爱在仙女湖——千首爱情诗歌精选(第一辑)》中包含了中国古代爱情诗词一百首,现、当代现代爱情诗歌一百首,以及外国爱情诗歌和仙女湖主题征文诗歌选。在编辑这本爱情诗选前,2022年8月至9月,《诗刊》社、中国诗歌网、仙女湖七夕文化旅游度假区已经联合举办"爱在七夕·情定仙女湖"爱情诗歌全国征集活动,征集到关于仙女湖爱情诗歌的有效稿件1620余件;随后,同年11月,举办了"全国诗歌名家走进江西仙女湖采风"活动,启动了以爱情为主题的诗歌作品遴选工作,遴选出古代、近现代爱情诗词,为诗选出版奠定了良好的基础。

诗歌中的爱情在诗句间流淌,爱情是人们对于生活美好的表达和心灵的寄托。有人说,"爱情诗歌"在当下快节奏的时代发展中,不像以前那么浪漫和动情,也许,说到爱情,很多人对于爱情的感知要大于对诗歌的感知;但并不影响我们内心对于爱情诗歌的欣赏和执着,这些流传至今的文字经受了时间最真实的考验,一定有其独特的魅力,那些古今中外的爱情故事,仍旧动人心扉。爱情题材的诗歌不全是对于爱情的表述,也是我们个体以爱情形式反映的人生观、世界观、价值观的直接体现。

爱情是幸福的,诗歌也是幸福的。

这本书分为四个部分:第一部分是"古代爱情诗词选",主要编选了从先秦时期到明清的爱情诗词,从经典的爱情诗词中致敬历史上曾经遥远的爱情;第二部分是"中国现、当代爱情诗选",其中选了闻一多、徐志摩、林徽因等著名诗人的现代爱情诗,也有舒婷、海子、吉狄马加、欧阳江河等当代中坚诗人的爱情诗歌,更是选取了部分90后诗人的作品;第三部分是"外国爱情诗选",从世界诗歌的角度展现了不同国家诗人的爱情;最后一部分"爱在七夕·情定仙女湖"专栏是主题征稿优秀作品和主题采风诗歌,从中能够读到对于仙女湖这座爱情湖泊的赞美。可以看出,这本选集无论是从时间跨度还是作者年龄、时代印记,还是诗歌背后的爱情事迹,都有着丰富多彩的爱情体现,仿佛一曲抒情的曲调,穿越亘古,流传至今。

"足球诗人"贺炜曾说:"你爱上一件事物当然不是爱它的成败,你爱的是它的气质。"爱情何尝不是如此。

当然,爱情固然美好而神圣,但我们终究生活在人间,在完成生活原来赋予我们的任务和责任后,才能让爱情成为最永恒的信物。

编者

2023年7月